El Tercer País

Karina Sainz Borgo nació en una Caracas de 1982, cuando todo estaba a punto de incendiarse. Trabaja como periodista especializada en temas culturales, aunque escribe a todas horas, y en 2023 se le otorgó el Premio David Gistau de Periodismo por su artículo «Aunque digáis lo contrario». Ha publicado los libros de periodismo *Caracas hiphop* (2007) y *Tráfico y Guaire. El país y sus intelectuales* (2007), y mantiene el blog *Crónicas barbitúricas*. Su primera novela, *La hija de la española* (Lumen, 2019), aclamada por la crítica y los lectores y vendida en traducción a treinta países, fue finalista del LiBeraturpreis y obtuvo el Grand Prix de l'Héroïne Madame Figaro. También es autora de *El Tercer País* (2021, Premio Jan Michalski). Su última obra es *La isla del doctor Schubert* (2023).

Biblioteca

KARINA SAINZ BORGO

El Tercer País

DEBOLS!LLO

Papel certificado por el Forest Stewardship Council®

Penguin
Random House
Grupo Editorial

Primera edición en Debolsillo: septiembre de 2024

© 2021, Karina Sainz Borgo
© 2021, 2024, Penguin Random House Grupo Editorial, S.A.U.
Travessera de Gràcia, 47-49. 08021 Barcelona
Diseño de la cubierta: Penguin Random House Grupo Editorial
Imagen de la cubierta: © Eric Bénier Bürckel

Printed in Spain – Impreso en España

ISBN: 978-84-663-7438-5
Depósito legal: B-11.270-2024

Compuesto en M.I. Maquetación, S.L.
Impreso en Black Print CPI Ibérica
Sant Andreu de la Barca (Barcelona)

P 3 7 4 3 8 5

A los míos, siempre

—¿Has oído alguna vez el quejido de un muerto?

—No, doña Eduviges.

—Más te vale.

JUAN RULFO, *Pedro Páramo*

Cuando moristeis, con mis propias manos yo os lavé, y os arreglé.

SÓFOCLES, *Antígona*

Preferían quedarse allí con los Lotófagos, arrancando loto, y olvidándose del regreso.

HOMERO, *Odisea*

Llegué a Mezquite buscando a Visitación Salazar, la mujer que sepultó a mis hijos y me enseñó a enterrar a los de otros. Caminé hasta el fin del mundo, o donde yo creí que el mío había acabado. La encontré una mañana de mayo junto a una torre de nichos. Vestía mallas rojas, botas de trabajo y un pañuelo de colores atado a la cabeza. Una corona de avispas revoloteaba a su alrededor. Tenía el aspecto de una Virgen morena extraviada en un basurero.

En aquel solar reseco, Visitación Salazar era lo único vivo. Su boca de labios oscuros escondía unos dientes blancos y cuadrados. Era una negra guapa, bien dispuesta y empulpada. De sus brazos, gruesos de tanto frisar tumbas, colgaban bolsas de piel a las que el sol sacaba brillo. En lugar de carne y hueso, parecía hecha de aceite y azabache.

La arena tiznaba la luz y el viento taladraba los oídos; un quejido que brotaba de las grietas abiertas sobre la tierra que pisábamos. Más que brisa, ese aire era una advertencia, una tolvanera densa y ajena como la locura o el dolor. Así era el fin del mundo: aquel montón de polvo hecho de los huesos que nos dejábamos en el camino.

En la entrada colgaba un cartel pintado a brochazos: EL TERCER PAÍS, un cementerio sin ley al que iban a parar los muertos que

Visitación Salazar enterraba a cambio de la voluntad, y a veces ni eso. Casi todos los que ahí reposaban nacieron y murieron en la misma fecha. Sus tumbas pobres estaban inscritas con garabatos sobre cemento fresco: la letra accidentada de los que nunca descansarán en paz.

Visitación ni siquiera se volvió para mirarnos. Hablaba por teléfono. Con la mano izquierda sostenía el aparato; con la otra, unas flores plásticas que hundió en la argamasa recién batida.

—¡Sí, mi reina, te oigo!

—Angustias, ¿estás segura de que esta mujer nos va a recibir? —preguntó Salveiro.

Asentí.

—¡Te escucho, mamita! —continuó ella, a su aire—. ¡Te digo que hay carencia de bóvedas! ¡Ayyyyy! ¡La señal se pierdeeeee...! —insistió, tragicómica.

—Esta mujer no para de hablar... —rezongó él.

—¡Cállate, Salveiro!

—¡Dígale a ese hombre que espere! —gritó la mujer, dirigiéndose, al fin, hacia nosotros—. ¡Los muertos son pacientes! ¡Los muertos no tienen prisa!

Otra ráfaga de viento abrasó nuestra piel. La tierra de Mezquite era una paila cubierta de cardos y llanto, un lugar en el que no era necesario ponerse de rodillas para hacer penitencia. La que nos había llevado hasta allí ya era suficiente.

Así era El Tercer País, una frontera dentro de otra donde se juntaban la sierra oriental y la occidental, el bien y el mal, la leyenda y la realidad, los vivos y los muertos.

La peste y la lluvia llegaron juntas, como los malos presagios. Las chicharras dejaron de cantar y un tumor de polvo se formó en el cielo hasta descargar gotas de agua marrón. A diferencia de los males que alguna vez sufrimos, este despedazó nuestros recuerdos y deseos.

La peste atacaba la memoria, confundiéndola primero y picoteándola después. Se contagiaba a gran velocidad y cuanta más edad tuviese el enfermo, peor era el efecto. Los ancianos caían como moscas. Sus cuerpos no resistían el taladro de las primeras fiebres. Al comienzo dijeron que la transmitía el agua, luego los pájaros, pero nadie era capaz de explicar nada sobre la epidemia de desmemoria que transformó a todos en fantasmas y llenó el cielo de zamuros. Nos hizo ineptos hasta cubrirnos de miedo y olvido. Caminábamos sin rumbo, perdidos en un mundo de hielo y fiebre.

Los hombres salían a la calle a esperar. ¿Qué? No lo supe jamás.

Las mujeres hacíamos cosas con las que espantar la desesperación: recogíamos comida, abríamos y cerrábamos ventanas, trepábamos a los tejados y barríamos los patios. Paríamos pujando y gritando como locas a las que nadie ofrecía ni agua. La vida se concentró en nosotras, en aquello que hasta entonces fuimos capaces de retener o expulsar.

Mi marido también contrajo el mal, pero tardé en darme cuenta. Su carácter se confundió con los primeros síntomas. Salveiro hablaba poco, era reservado y no sentía curiosidad alguna más allá de sus propios asuntos. Cuando lo conocí, trabajaba en la cauchera de su familia aflojando tuercas con una llave de cruz o tendido junto a un gato hidráulico para arreglar alguna avería en las tripas de un camión destartalado. A diario yo pasaba frente al local renegrido sin prestar atención a lo que ocurría en su interior. Si entré fue porque necesitaba grasa de motor para aflojar las cerraduras de la casa: un bote de Tres en Uno, cualquier cosa que sirviera para lubricar las aldabas, pero Salveiro se ofreció a mirarlas.

—No son los cerrojos. Es la madera. Está comida por las termitas, por eso las puertas no cierran, ¿ves? —Me enseñó un polvillo de virutas y aserrín.

Regresó esa misma semana para revisar el techo y el resto de la casa. La recorrió entera. Que si esta viga tiene jején, que si las patas de la mesa estaban mal cortadas o esta silla mal serrada. Iba de un lado a otro con una zapa. Lijaba aquí y martillaba allá. Todo cuanto tocaba dejaba de crujir o rechinar, como si recompusiera las cosas con solo mirarlas.

—Angustias, ¿y este quién es?

—El hijo del cauchero, papá. Ha venido para arreglar las traviesas y las armaduras de las ventanas.

Después de cada visita lo invitábamos a una cerveza para agradecer las molestias. Él tomaba asiento bajo la mata de tamarindo y se dejaba interrogar.

—¿Por qué no abandona la mecánica y se dedica a esto? Se le da muy bien —insistía mi padre, pero Salveiro bebía sin contestar—. Angustias hizo un grado técnico en peluquería. Pruebe uno; tras recibir el diploma de carpintero podría dirigir su propio taller de ebanistería.

—Yo acabo de abrir un salón de belleza —interrumpí para hacerme notar—. Está a dos calles ¿Quieres venir a cortarte y así te cuento los requisitos para inscribirte en los cursos?

Se presentó la mañana siguiente. Iba vestido con unos pantalones limpios y una camisa recién planchada. Su piel lustrosa y bien perfumada distaba mucho de aquellos brazos siempre mugrientos de aceite y grasa. Después de frotarle el cabello con champú y crema lo conduje hasta la silla, cubrí sus hombros con una capa y corté con mi mejor tijera. Los mechones caían húmedos al suelo.

Salveiro no hizo el curso de carpintero, pero siguió viniendo a casa tres veces por semana para traer esto o reparar aquello.

—Angustias, hija, ese hombre parece un tronco, pero si a ti te gusta... —me dijo mi padre al oído antes de sonreír para la única foto que nos hicimos, a las puertas del juzgado donde nos casamos.

Mi marido era un buen hombre. Estaba dotado para el retozo. Sabía rozarme con la misma paciencia con la que serraba la madera. No hablaba, pero a mí me daba igual. Y ese fue el problema: no llegué a imaginar que sus silencios tenían algo que ver con la indolencia que ya recorría las calles, una nube de hastío que sepultó por completo la ciudad.

Mi madre me bautizó Angustias. Más que un nombre, eligió un zarpazo. Para ella, el mundo siempre había transcurrido en silencio. Por eso, cuando alguien me llama, «¡Angustias!», pienso en su destino de mujer sin voz. Me parezco a su sordera y su zozobra. Sé soportar. Estoy preparada para la desgracia. Hablo su idioma.

Hasta que nacieron Higinio y Salustio no me había planteado dejar la ciudad, pero las cosas salieron mal. Los niños habían llegado al mundo sietemesinos y con el corazón enfermo. Juntos no completaban dos kilos en la balanza del hospital. Sus manos pequeñas y arrugadas apenas se agitaban. Tenían las uñas moradas y los ojos apretados. La vida los había tomado prestados de paso hacia la muerte.

Durante tres meses esperé ante una incubadora, temiéndome lo peor. Aunque nadie garantizaba que sus corazones resistirían, los médicos decidieron operarlos. Sobrevivieron, mientras la ciudad seguía desmoronándose bajo la lluvia terrosa que cubría las aceras. No quería que mis hijos crecieran en aquel valle fantasma del que todo el mundo se marchaba.

—¡Nos vamos!

Salveiro me miró, picado por la culebra del desánimo, y siguió hurgando las piezas de una licuadora averiada.

—Quiero irme —insistí.

—¿Crees que es tan fácil? —Dejó a un lado el destornillador—. Preparar un viaje toma tiempo.

—Puedes quedarte si quieres. Yo me marcho.

Vendimos los muebles, la ropa de cama y las herramientas, también los espejos, las sillas y los secadores de la peluquería. Solo conservé una pequeña tijera de cortar pelo, que llevé guardada en el bolsillo y conservo aún hoy. La plata nos dio para una parte del pasaje.

Abandonamos la capital con los niños atados a la espalda y emprendimos un viaje de más de ochocientos kilómetros, la mitad en bus y la otra andando. Llegamos a nuestro destino después de atravesar ocho estados de la sierra oriental, además de los tres que nos separaban de Mezquite, un pueblo de la frontera con nombre de un arbusto que sirve para hacer carbón.

Apenas llevábamos unas monedas, tres mandarinas y una mochila con una muda de ropa, dos biberones y los sobres de leche evaporada que preparábamos en algún arroyo. Por la Interestatal, una carretera que cruzaba la cordillera central, avanzaba la columna que formábamos los caminantes. Así llamaban a los que escapábamos de la peste.

Nos acomodábamos como podíamos y cualquier cañada nos valía para lavar y cocinar. Antes de reanudar la marcha, yo me sujetaba el cabello para no molestar a los niños con el roce de los mechones. Me prometí no cortarlo hasta llegar a nuestro destino, dondequiera que estuviese. Salveiro caminaba detrás de mí, espantando los zancudos a manotazos y recogiendo trozos de madera que guardaba en los bolsillos. Cada día que pasaba sentía que lo dejaba un poco más atrás. Estaba convencida de que si me daba la vuelta, lo vería derrumbado en el camino como un árbol comido por las termitas. Muchas noches me imaginé despertando sola, en medio de la nada, con dos niños a cuestas. Soñaba que caminaba a cuatro patas, convertida en una leona capaz de descifrar en el viento el lugar hacia el que huyen las gacelas.

Las carpas que levantaron los militares en la frontera se distinguían desde muy lejos. El tumulto de gente que acudía buscando comida y medicinas podía verse incluso a un kilómetro de distancia. Los que tenían dinero consiguieron salir en autobús, el resto lo hizo a pie y llevando a cuestas lo poco que podía cargar. En los caminos quedaban arrumbados refrigeradores, lámparas y ollas que alguien más recogía para cambiar por comida.

Cuando llegamos al primer control antes del puente, un soldado nos detuvo para inspeccionar los documentos. Era joven y delgado, y llevaba la cabeza mal afeitada, cubierta por los trasquilones que dejan quienes no saben usar la máquina.

—¿Adónde van? —Se dirigió primero a Salveiro.

—A la sierra oriental... —Mi marido parecía más ausente que de costumbre.

—Estamos en la sierra oriental, ciudadano.

—Quiso decir occidental —interrumpí—. Tenemos familia allá. Vamos para que conozcan a nuestros hijos.

El cabo me miró, descreído. Le di mi cédula y Salveiro la suya. También mostré las partidas de nacimiento, pero apenas las leyó. Toda su atención estaba concentrada en los gemelos. Los miraba con curiosidad. Primero a Salustio, que iba en brazos de mi marido, y luego a Higinio, que dormía con la cabeza apoyada sobre mi hombro.

Se interesó por sus edades. Le expliqué que habían nacido antes de tiempo y que por eso parecían más pequeños. Asintió y revisó los papeles por última vez. Su mujer recién había parido una niña, también prematura, explicó mientras apuntaba nuestros nombres en una libreta.

—¿Cómo se llama? —pregunté.

—¿Quién?

—Su hija...

—Todavía no tiene nombre.

Entró en la garita y volvió con un salvoconducto para cruzar la frontera.

—Vayan con Dios. —Y nos extendió el papel.

Así nos alejamos Salveiro, los niños y yo. Dios jamás se decidió a acompañarnos.

Mis hijos murieron en Sangre de Cristo, el primer caserío después de cruzar la sierra oriental. Dejaron este mundo en el mismo orden en que llegaron. Higinio primero y Salustio después. Los llevé a tres hospitales buscando un milagro, pero nadie pudo hacer nada por ellos.

Los envolvimos en toallas y así los cargamos hasta conseguir unas cajas. Eran tan pequeños que cabían los dos en una, pero eso no nos daba derecho a apretujarlos como zapatos. Salveiro quiso dejarlos en la morgue hasta que pudiésemos reunir algo de dinero para enterrarlos, aunque yo me negué. Estaban muertos, pero eran mis hijos, y no iba a dejarlos apilados en una nevera llena de fiambres sin nombre. En la morgue, pegada con cinta plástica sobre la puerta de una cámara herrumbrosa, encontré una nota: «Veinticinco fetos, siete para inhumar por bolsa». Estaba escrita con rotulador negro.

Si traje a mis hijos hasta acá fue por la misma razón por la que me marché con ellos atados a la espalda. Creí que podía salvarlos de la enfermedad y el olvido, aunque en lugar de alejarlos de la muerte, tan solo los escolté hasta ella. Por la noche, cuando los caminos se llenaban de ladrones y sinvergüenzas, buscábamos sitio en algún albergue, que en esos días aparecieron por todos lados. No eran seguros, pero servían para aliviar el cansancio.

En esos barracones, hechos con bloques de ventilación y techos de zinc, se amontonaban mujeres y bebés enfebrecidos por el hambre. También ancianos desorientados a los que su familia abandonó antes de cruzar y niños cuyos padres habían desaparecido en el camino. Los huérfanos que no morían se convertían en delincuentes menores o recaderos de otras familias a cambio de una propina. Eran almas incompletas, transeúntes entre un mundo y el siguiente.

Muy pocos de los que emprendían la travesía sabían a lo que se enfrentaban. Caminaban durante horas, guarecidos apenas con mantas. Al caer la noche, y si corrían con suerte de encontrar sitio, se desplomaban en jergones y colchonetas, hambrientos y ateridos por el frío del páramo, que en esa época del año castigaba con inclemencia la frontera.

En una calle de la última ciudad de la sierra oriental, una mujer de mi edad cantaba con una niña de unos ocho o nueve meses en brazos. A veces pasaba alguien y arrojaba unas monedas en el cesto de mimbre a sus pies. La criatura se removía, a punto de llorar. Entonces la madre dejaba de cantar, le daba un mordisco en los deditos y siseaba para que se durmiera de nuevo. Yo no tenía monedas para darle, tampoco hijos que proteger. Los míos dormían un sueño profundo e irrevocable en unas cajas de zapatos.

En el refugio, los escondí bajo la manta, y una desgraciada intentó llevárselos. Me abalancé sobre ella y le tiré del cabello, lo único que conseguí sujetar en la oscuridad. Ella se revolvió hasta zafarse con una de las cajas. Cuando la tapa de cartón cayó al suelo, pegó un brinco de espanto. Sus ojos, hundidos en las cuencas violáceas, refulgían con desesperación: buscaba algo para revender, un par de zapatos quizá, pero encontró un niño muerto.

Cuando recuperé la caja, vi que se había llevado el dinero que nos quedaba y el salvoconducto para cruzar el puente. De pie, ante la puerta abierta, la vi alejarse calle abajo. Yo aún sujetaba un mechón suyo en la mano.

A treinta kilómetros de Sangre de Cristo funcionaba el mercado negro más grande de la frontera: Cucaña, un zoco al que madres, abuelas e hijas iban a vender su cabello. Entraban con las melenas recogidas en moños y salían trasquiladas, sosteniendo billetes que apenas alcanzaban para tres paquetes de arroz.

La peluquería más concurrida se llamaba Los Guerreros, un lugar sucio atendido por una decena de empleadas con aspecto de esquiladoras. Fuera, unas cincuenta o sesenta personas esperaban su turno como quien guarda la vez para entrar a un matadero. Los Guerreros tenía el aspecto de un barracón: un local sin lavacabezas y con una hilera de sillas de plástico.

—Por el tuyo te damos sesenta; por el de tu mamá, menos.

—¿Menos cuánto?

—Veinte. Es cabello viejo y sin brillo, una pelusilla sin valor.

—¿Sesenta apenas? Pero si tengo una melena larga —se quejó.

—Es lo que se paga hoy. Si no te gusta, vete al lado —zanjó la empleada—. ¡Siguiente!

Me asomé para escuchar mejor, y todas se giraron para mirar mi trenza, que ya entonces me llegaba hasta la cintura.

—Por uno como el de ella —me señaló con la tijera— pagamos un poco más.

—¿Cuánto? —pregunté.

—Ochenta.

Me uní a la fila entre los murmullos del resto. Me observaban como si llevara una diadema de oro. Tuve miedo de que me arrancaran el cabello para cobrar ellas el dinero que me darían por él, pero no me moví porque necesitábamos la plata. Después del robo no teníamos ni para comprar galletas o agua. Dos horas más tarde, entré.

Las peluqueras cortaban el pelo como si fueran las crines de un caballo. Extendían los mechones con un peine y hundían la tijera lo más pegado al cráneo posible, para no desperdiciar ni una hebra.

—Así no —corregí—, debe empezar por la parte de atrás y continuar por los lados.

—¿Me vas a enseñar tú? ¡Esto no es un salón de belleza!

—Déjeme a mí. Sé cómo hacerlo.

Saqué mi tijera del bolsillo. Encajé el pulgar y el índice en los dedales y corté. Los mechones se desprendieron como trozos de cuerda rota sobre el papel de periódico que cubría mis rodillas. Al acabar, me levanté sin mirarme en el espejo y avancé hasta la caja registradora en la que una mujer sacaba billetes de una alcancía metálica.

Me pagaron setenta, diez menos de lo que me habían prometido. Cogí la plata y salí.

Todas las mujeres en Cucaña lucían los mismos trasquilones. Juntas formaban un pelotón de criaturas rasuradas. A mí al menos me quedaban dos dedos de cabellera. A ellas, ni eso.

Cuando ya no disponían de nada más que cortar ni vender, se ofrecían a los camioneros. Los esperaban de madrugada junto a los puestos en los que desayunaban los forasteros y transportistas, hombres que les regateaban la tarifa en la parte de atrás de los tráileres. No todas conseguían clientes. Las que sí, despachaban el asunto rápido. Luego iban a lavarse y a beber el agua terrosa de los grifos de los baños públicos, donde se juntaban para repartirse el dinero. Miraban hacia los lados y hablaban en voz baja, no fueran a robarles también las palabras.

En la calle las esperaban niñas y adolescentes que por la edad no podían hacer lo que ellas y se quedaban cuidando a los más pequeños. Resultaba difícil saber si eran o no familia, aunque a mí la pobreza me parecía un parentesco suficiente. Las guardianas, o las que oficiaban de tal cosa, pedían dinero a cambio de las frutas deshechas que sacaban de los basureros durante la noche.

Aquellas criaturas echaban el día en un lugar en el que vendían cosas que no podían comprar. Presenciaban peleas de tenderos, robos y trifulcas. Casi no tenían para comer, pero debían ganárselo con ingenio y maledicencia. Con el tiempo aprendieron a medrar ellas también. No sabían leer de corrido y escribían con dificultad, pero de la vida lo sabían todo.

Cucaña estaba llena de gente dispuesta a comprar y vender. Cualquier cosa tenía precio: medicinas, ollas, ropa usada, cigarros de contrabando, pelo, dientes postizos, muelas de oro, muebles, electrodomésticos... La biografía de muchos se podía reconstruir con los remates y despojos del mercado.

Pedí a Salveiro que sostuviera por mí las cajas con los niños y entré en los lavabos buscando dónde cambiarme y limpiarme. Ni siquiera había cabinas, apenas tres tazas sucias que servían de aliviadero, separadas de los lavamanos con lonas plásticas. Tampoco tenían papel higiénico ni cestos. Me escondí tras la cortina y usé la penúltima de mis compresas.

Al salir encontré a dos mujeres que conversaban ante un espejo roto mientras se frotaban las axilas con trapos húmedos. Olían a sudor y vinagre. Las reconocí al instante. A los de la sierra oriental no nos hacía falta hablar para saber de dónde veníamos. Por disimular, me lavé la cara con el hilo de agua parda que salía de un grifo oxidado.

Las que conversaban eran jóvenes, y, aun así, su piel lucía curtida, estrujada por el hambre y el cansancio. Cuchicheaban algo de una prima muerta. Fue la primera vez que escuché hablar de Visitación Salazar. Se referían a ella como la mujer de Las Tolvaneras.

—Apañó un nicho para mi mamá. Hasta nos ayudó a trasladarla.

—¿Está muy lejos ese cementerio?

—A unos sesenta kilómetros, junto a los basureros de Mezquite.

—¿Cuánto te cobró?

—A esta mujer no le importa la plata. Dice que es una soldada de Dios —bajó aún más la voz—. Anda siempre en una pick-up gris. Búscala y di que vas de mi parte.

—¿Y quién me va a cubrir en el turno?

—Eso ya se verá. ¡Date prisa! A Herminia no la puedes dejar en la morgue; después de un tiempo se deshacen de los cadáveres.

Me miraron recelosas, en silencio, así que salí a toda prisa. En medio de una zanja llena de charcos y barro me arrepentí. Quería saber más de esa tal Visitación: el número de teléfono o al menos una dirección donde localizarla. Contrariada, regresé a los lavabos, pero ellas ya no estaban.

De vuelta hacia los merenderos me topé con una muchacha que no debía de tener aún los trece. Se acercó a mí con paso decidido. Su talla de criatura flaca escondía un cuerpo a punto de hacerse adulto. Tenía los brazos enclenques y unos pechos pequeños, pasmados por el ayuno y la intemperie.

—Vendo tomates, ¿me compras?

En una mano sostenía un palo de madera; en la otra, una bolsa de vegetales y frutas estropeadas.

—Están podridos.

—Ah, bueno... —soltó—. Te los dejo más baratos. Solo tienes que lavarlos.

—No los quiero y tampoco tengo dinero. —La vi rascarse la cabeza—. ¿Sabes quién es la mujer de Las Tolvaneras?

—¿La que entierra muertos? —El cabello de esa niña estaba tan sucio que hasta parecía tieso—. Se llama Visitación Salazar. Todo el mundo la conoce.

—¿Dónde la puedo conseguir?

—¡Aquí mismo! Viene todos los días, tempranito.

Me miró con desconfianza.

—¿Y para qué quieres hablar con ella?

—Necesito ayuda.

Hundió el palo en la tierra y puso los brazos en jarra.

—Acá todos necesitamos ayuda. Entonces, ¿me compras o no los tomates?

—Otro día.

Me di la vuelta y eché a andar hacia los puestos del mercado. Encontré a Salveiro en el mismo lugar en el que lo había dejado. Tenía la mirada perdida y los hombros caídos.

—Vamos a Mezquite. —Le arranqué las cajas de las manos.

—¿Para qué?

—A buscar a alguien que nos ayude a enterrar a nuestros hijos.

No eran todavía las ocho de la mañana cuando sonó el teléfono. El alcalde de Mezquite se miraba en el espejo, con una cuchilla de afeitar en la mano. Aún con el bigote de espuma fresca sobre el labio, atendió la llamada de Alcides Abundio, el dueño de Las Tolvaneras, el hombre con más dinero y poder de toda la frontera.

—¡Mande, Abundio!

—Usted es un pendejo.

Aurelio Ortiz se limpió el rostro y se ajustó la toalla a la cintura.

—En la alcaldía no para de presentarse gente pidiendo dinero. También van a preguntar por la loca.

—¿Cuál?

—¿Quién más? ¡Visitación Salazar! La que lo dejó en ridículo con una escopeta de matar conejos. ¿O ya no se acuerda?

Como para olvidarlo.

—¡Se acabaron las ayudas! —gritó Abundio, histérico.

—Antes de la peste no era así, pero ahora…, ya ve. La sierra está llena de esa gente.

—¡La peste, un carajo! ¡Que se mueran, pero lejos de mis tierras!

—No se altere… —Aurelio Ortiz dejó la cuchilla junto al grifo y cambió el teléfono de mano—. ¿Estuvo usted por el despacho?

—¡Qué va! Gladys me lo dijo.

El alcalde limpió el espejo empañado. Estaba convencido de que alguien lo miraba en la penumbra.

—Le dije que no quería más inventos en Las Tolvaneras, pero como usted anda en campaña le importa una mierda.

Ortiz se dio la vuelta buscando quién o qué lo vigilaba.

—¡Aurelio, conteste! ¡Le estoy hablando! ¡Mire que mandar con mi apoyo es fácil, pero usted ni eso sabe!

—No se ponga así...

—¡Me pongo como me da la gana! Visitación nos está retando. Negra insolente, todo el día con sus muertos. ¡Con ellos la voy a mandar como no salga de esos terrenos!

—Espere a los abogados.

—¡Qué abogados ni qué gallo muerto! ¡Le hice alcalde de Mezquite para que cuidara mis asuntos!

—Abundio...

—¡Cállese, Aurelio! Y escúcheme bien: le prometí una parcela al cura. Hay más gente que quiere su parte, usted sabe quiénes. Mientras esas tumbas estén ahí no podré cumplir mi palabra.

—Escúcheme.

—¡Encárguese de Visitación Salazar o lo mando despellejar vivo! —Y colgó.

El alcalde se pasó la mano por la frente. Estaba nervioso. No quería más problemas con Visitación Salazar, pero desde que comenzó la pelea por Las Tolvaneras, ella había movido las cercas una hectárea más sobre las que ya había robado. Se la sisó al viejo Abundio, al comando armado de los irregulares y también a los pasadores, que vivían del tráfico de drogas, personas y mercancías. A todos los jodió y, por supuesto, a ninguno le hacía gracia.

Cada uno tenía a Visitación Salazar entre ceja y ceja por un motivo distinto. El más resabiado era el cura. De un día para otro se había quedado sin el terreno que le había prometido Abundio para montar la casa parroquial. Despechado y furioso, mandó primero a buscar a la policía y después escribió al obispado. No paró hasta conseguir la excomunión de la mujer. La acusó de profanar y usurpar el sacramento de los santos óleos, después de ladrona, y hasta de brujería. «¡Esa sinvergüenza le está quitando sus bienes a la Santa Iglesia y a los pobres de la sierra occidental!», repetía con los brazos alzados y las palmas hacia el cielo.

Pero al cura le molestaba otra cosa. Camuflado en el proyecto de una casa parroquial, planeaba montar un bingo donde meter a los borrachos del pueblo y quitarles el dinero a punta de bazuco, aguardiente y bachata, para que se mataran luego a machetazos. Si los inducía al pecado, su gesta sería eterna.

Aurelio seguía preocupado.

—¡Callá, hombre! ¡Vas a amanecer con la boca llena de tierra! —lo riñó su mujer la noche en que le contó el asunto.

—Salvación, no te pongas así, yo solo...

—Trabajás para el viejo. Y de Abundio dependés vos y tus hijos.

—Nuestros, mujer.

Lo miró a los ojos.

—Por una vez, aunque sea una, sé hombre. Ya yo bastante hago criando a dos niños mientras vos pasás el día de un pueblo a otro.

Salvación, como Abundio y el resto de Mezquite, ignoraba el verdadero problema de aquellas tierras. Eso, o se hacían los tontos, que es como mejor se vive en un pueblo fronterizo rodeado de mercenarios y traficantes.

33

«Métase en sus asuntos y no asome la cabeza donde no la llaman. Salga de ese terreno por las buenas», había repetido Aurelio a Visitación Salazar en más de una ocasión. La última vez que intentó hacerla entrar en razón, ella lo recibió dando tiros al aire.

Ni los funcionarios del ayuntamiento de Mezquite ni la policía supieron decirnos qué hacer. Nos hicieron rellenar un formulario con la promesa de que quizá, al día siguiente, alguien podría atender nuestro caso. Exhausta, me desplomé sobre un banco de metal, con las cajas aún en la mano. ¿Hasta cuándo duraría esto? Sin dinero ni salvoconducto no llegaríamos a ninguna parte.

Cientos de personas como nosotros caminaban perdidas, arrastrando equipajes pobres y bolsas plásticas llenas de cosas sin valor. Algunos acampaban frente al edificio municipal para guardar el turno hasta el día siguiente. El resto se echaba al monte, buscándose la vida.

Viajamos a dedo hasta Cucaña. Por lo menos ahí no nos miraban como a andrajosos, porque todos lo eran. Regresamos al albergue y repartimos lo que nos quedaba para comer: una mandarina y los restos de unas galletas. Salveiro se tumbó en uno de los camastros y desgajó la fruta mirando al techo. Yo no tenía hambre. Para consolarme, destapé las cajas de cartón y vi dormir a los gemelos.

Ya no podíamos volver a casa, tampoco quedarnos ahí con esas criaturas muertas. Canté, muy bajito, sobándoles la cabeza:

Palomita blanca,
copetico azul,
llévame en tus alas
a ver a Jesús.

—Déjalo, Angustias, están muertos. No van a volver. —Salveiro me apartó.

—Qué sabrás tú, si ni siquiera los pariste.

Salí del barracón con las cajas en la mano y me senté a mirar la puesta de sol junto a la planta eléctrica.

—¿Conseguiste a Visitación? —Me di la vuelta, sobresaltada. Era la de los tomates—. La acabo de ver en la taberna del mercado. ¡Corre, antes de que se marche!

—Espera aquí, ¡no te muevas! —le pedí a la niña.

Entré a toda prisa al albergue, escondí las cajas bajo el camastro de Salveiro y corrí a su encuentro, pero ella ya no estaba. Cuando llegué a la taberna, Visitación ya se había marchado. Recorrí el mercado hasta dar con la camioneta gris de la que todos hablaban. Esperé, pero no apareció nadie. Revisé uno por uno los puestos preguntando por ella. Los tenderos, que a esas horas desmontaban y guardaban la mercancía, apenas me hicieron caso.

—¿Ha visto a Visitación Salazar? Estaba aquí hace un rato. Una mujer negó con la cabeza.

—Busco a Visitación Salazar, ¿la conoce? ¿Ha pasado por aquí? —Ni caso.

El carnicero no supo darme señales suyas. Ni la mujer junto a él. Tampoco el dueño del puesto siguiente, ni el de enfrente. Regresé al terreno que usaban como parqueadero, pero la pickup había desaparecido.

El murmullo del mercado se apagaba de a poco, y a las voces de los vendedores las sustituía el rumor de los botiquines y el sonido de los grillos que cantaban al caer la noche. Ya de vuelta, en el albergue, me esperaba la flacuchenta de los tomates sentada en las escaleras.

—¿La conseguiste?

Negué con la cabeza. Me senté a su lado, desconsolada.

—¿Quién se te murió? —No paraba de apartarse el flequillo con la mano.

Saqué del bolsillo mi tijera.

—No te muevas.

Le peiné el cabello con los dedos y lo repartí en dos mechones. Sujeté el primero con el índice y el medio, y corté. Pequeños trozos de pelusilla cayeron al suelo. Hice lo mismo con el otro, hasta emparejarlo.

—Ahora mejor, ¿verdad?

Asintió.

—Pregunté quién se te murió. ¿No contestas?

—Mis hijos.

—¿Todos?

—Sí, todos.

Se levantó, sacudió los pelitos de la falda y me extendió un trozo de papel con un número apuntado. Luego echó a correr sin despedirse. Desplegué la nota. Los nueves parecían vocales y los treses tenían la forma de unos ochos escritos con una letra torpe e inclinada. Seis siete tres; ocho, cuatro, dos; nueve, dos, uno.

Gasté mis últimas monedas en esa llamada. La línea comunicaba. Al quinto intento, atendió una mujer.

—¿Visitación Salazar?

—La misma.

—Me llamo Angustias Romero y quiero enterrar a mis hijos.

—Don Abundio está ocupado.

—Traigo unos papeles —dijo Aurelio Ortiz—. Deje pasar.

El guardaespaldas posó la mano derecha sobre la pistola.

—Tiene asuntos que atender. —Una sonrisa celestina se dibujó en su rostro—. Está con Perpetua. Vuélvase a la alcaldía, el jefe siempre tarda cuando despacha con ella.

Aurelio se dio la vuelta y subió a la camioneta.

—Al pueblo, Reyes.

Desde que estalló la peste al otro lado de la frontera, a Mezquite llegaban centenares de personas, y eso ponía nervioso al alcalde. Esa gente había olvidado cómo volver y se paseaba por las trochas, hambreados de tanto caminar por el páramo que separaba la sierra de la frontera. Muchos se habían vuelto locos, los que no habían muerto colgados de los árboles habían desaparecido arrastrados por el río.

El pueblo se quedó sin fosas comunes para sepultarlos. La gente quería una tumba para los suyos, solo eso, y el nombre de Visitación Salazar corría de boca en boca. Acudían a ella con la desesperación de los que no tienen nada, ni siquiera un lugar para enterrar a sus muertos. Se convirtió en una leyenda. Hablaban de ella los que la veneraban, llamándola santa, y los que la detestaban, acusándola de negocios y tratos oscuros.

Visitación no era ni una cosa ni la otra. No hacía milagros, pero tampoco traficaba con órganos, como empezaron a decir. Era una negra dicharachera, que bailaba, fumaba y bebía, como todos en Mezquite. Decía esas cosas que repiten los evangélicos y recitaba su propia versión del Antiguo Testamento, pero no vendía gente a los pasadores ni convertía en esclavos a los que venían a refugiarse, como sí lo hacía Abundio.

El alcalde conocía los motivos por los que al viejo le corría tanta prisa desalojar Las Tolvaneras. Quería que el cura bendijese su unión con una india con la que pretendía dar la puntilla a su esposa, Mercedes, una mujer educada y espigada como un campanario que ni siquiera vivía ya con él. Iba al pueblo de vez en cuando para fungir de consorte, aunque de eso, ya sabían todos, hacía bastante que no ejercía.

Después de exprimirla a ella y a su familia, Abundio tenía pensado ahora refundar su árbol genealógico con esa muchacha a la que bautizó Perpetua y que había llegado a Mezquite huyendo cuando los irregulares prendieron fuego al caserío donde vivía. Abundio la enseñó a usar zapatos y a palos la educó para que dejara de comer tierra, que fue como la encontraron cerca de Cocito, un pueblo donde a veces los caballos y los borrachos se alborotan, dizque porque se oían voces y andaban sueltas las ánimas.

Aurelio Ortiz no creía en ninguna de esas cosas. No eran los espíritus: lo que en verdad desenterraba sus demonios era el perico, el bazuco y la caña blanca.

Entre Cocito y Villalpando, al norte del río Cumboto, se alzaba una quebrada a la que llamaban La Perla. Cuanto más se acercaba la sequía, más fina y débil se hacía la corriente, hasta formar un hilo de plata en la tierra de los esteros. Por la orilla de los cenagales se creaban pequeños cuerpos de agua; los gavilanes se precipitaban sobre ellos y alzaban después el vuelo con los peces ensartados en el pico. También las corocoras, unos pájaros de plumas rojas, rebuscaban en los bancos de arena.

Solo quien era capaz de soportar el camino hacia El Tercer País se topaba con La Perla, un torrente resguardado en los recovecos de un paisaje que devoraba las cosas a la vez que las embellecía. De aquel río se contaban muchas historias: que guardaba cofres con tesoros, que salían a flote morocotas y que al bajar el nivel del agua aparecían entierros, esas herencias resguardadas por un alma en pena; también que la corriente escondía culebras de oro, y que entre la arena crecían aljófares y conchas de nácar. Hasta un galeón había ido a parar allí, repetían los aventureros que navegaban buscando reliquias de saldo.

Por ambas orillas avanzaban mineros del sur, grupos de desharrapados que sustituyeron a los pescadores de la zona. Ya nadie faenaba en aquellas aguas llenas de bandidos. Pertrechados con sogas, picos y redes de alambre, los buscadores de oro caminaban hacia la cabecera del Cumboto, el origen de los riachuelos que irrigaban la sierra. No les importaba la ley, porque el tiempo había escrito una propia en sus encías hinchadas de mercurio. Al escupir sus esputos, soltaban palabras amargas y groseras.

Llegaron hasta allí imantados por las pepitas de metales preciosos y las astillas de diamante de las cuevas de Gato Negro. Les bastaba una brizna de algo para justificar la peregrinación. Era gente sin vida que rebañaba algún pulso en aquella tierra sin agua ni orden.

La Perla cruzaba una parte de la frontera donde se comerciaba con objetos robados. Los tesoros de los que hablaba la gente no emergían por arte de magia: alguien los había enterrado para huir sin dejar rastro y, con suerte, regresar a buscarlos. Lo sobrenatural no procedía de sus aguas, sino de la capacidad de la corriente para esconder las cosas o falsearlas. Por eso se inventaban espantos y leyendas, para disuadir a los buscadores de riqueza.

Exhausta y con las ampollas en carne viva, me acerqué al agua de La Perla para lavarme los pies, quitarme la tierra del rostro y aliviar el dolor de los tobillos, ya gruesos y aporreados de tanta piedra.

—Angustias, los peces vuelan...

Al oírlo, temblé. Di por hecho que Salveiro había entrado, ahora sí, en la peor fase de la peste: un bucle de alucinaciones ocasionado por la fiebre. Sentí miedo, por él y por mí. Podía cargar dos cadáveres, pero no tres. Me mantuve en silencio, con los pies hundidos en el agua.

—¡Te digo que los peces vuelan! —repitió.

Un cardumen tornasolado bullía en la superficie del río, que tenía el aspecto de una sartén hirviente bajo el sol. Me froté los ojos para distinguirlos. Los peces eran de color azul y lucían unas aletas con forma de capa que les permitían impulsarse por encima del agua, como si fueran una bandada más de las garzas que surcaban el cielo.

La arena blanca del río, iluminada por la luz del mediodía, producía un espejo que creaba el efecto del vuelo. Me dejé caer de espaldas y le pedí a Dios un milagro. Bajo el agua, el mundo se volvió blando y remoto. Mientras permaneciera ahí no ocurriría nada, todo estaría en orden y no habría que buscar más. Si salí a la superficie fue por los niños. Alguien tenía que sepultarlos.

Volví a la orilla y me senté junto a mi marido.

—Sí, Salveiro, los peces vuelan.

Guardamos silencio y miramos aquel lugar al que habían ido a parar, juntas, toda la fealdad y la belleza del mundo.

—¡Obedezca, Gladys!

—Allá fuera hay una fila de orientales, alcalde. Llevan ahí desde las cinco de la mañana.

—¡Diga que no estoy!

—Don Abundio dejó recado para usted. Dice que no le gusta esa gente frente al ayuntamiento.

—Ya me lo hizo saber él mismo.

—Licenciado... ¡Espere!

Aurelio Ortiz cerró de un portazo para reafirmar una autoridad que no tenía. Detestaba a Gladys. La soportaba porque no le quedaba otro remedio. Esa mujer tenía más aspecto de telegrafista que de secretaria: tecleaba con los dedos índices, apretando con fuerza, como si escribiera en código morse. Ni siquiera contestaba los buenos días y se hacía la sorda cuando él le daba instrucciones.

La relación de Gladys con los Abundio era vieja como un odio. Trabajó primero para Reinaldo Abundio, el padre, y después para Alcides, el hijo. Por eso la asignaron como su asistente en la alcaldía, para vigilarlo. Así levantó a sus diez hijos, husmeando y lavando los trapos sucios de dos generaciones de la misma familia.

Abundio mantuvo el padrinazgo que su padre concedió a la prole de huérfanos de su secretaria. Acabaron todos bien empleados en las aduanas, cuidando mercancías o haciendo trabajos sencillos bajo sus órdenes. Todos mostraban obediencia. Si tuvieran que dejarse matar, lo harían, pero no por fidelidad, sino por temor a que Abundio lo hiciera primero.

«El taita», como llamaban al padre de Abundio, conoció a Gladys en las antiguas plantaciones de caña. Su marido había muerto en una pelea de gallos, combates de los que el taita era habitual y principal promotor. Él estuvo el día en que le descerrajaron un tiro de escopeta en el pecho.

Todo ocurrió por venganza, así lo contaban quienes estuvieron ahí. El gallo malayo que el hombre presentó en el combate ensartó el pico en el ojo del pollo americano al que el taita lo había apostado todo. «Mal asunto», pensaron los corredores de apuestas. Y con razón.

No sobrevivió nadie. Junto a los dos gallos, muertos a picotazos, quedaron tendidos también los dueños. El ganador, de un plomazo, y el perdedor, desangrado por un navajazo que alguien le asestó en medio de la confusión.

Hay quienes aseguran que fue el viejo quien lo mandó matar y que, ya hecho el estropicio, decidió comprar el silencio de la viuda quitándole el hambre a sus hijos. Pero todo era más sencillo. Si Gladys se había mostrado fiel y leal fue por ese resorte de poder que convierte a los asesinos en patriarcas.

Ocurrió durante los años dorados, cuando Abundio padre se hizo rico pagando a los peones con fichas y traficando animales en Cucaña. Entonces, los irregulares, las tropas armadas que controlaban aquellas tierras, ya dominaban por completo la zona: secuestraban y mataban a su antojo, cobraban impuestos a los dueños de las tierras y las fábricas, y enrolaban en sus filas a los peones, que comenzaron a ganar más con el fusil y los rescates de los secuestros. Una vez reclutados, los sometían a un entrenamiento militar del que salían convertidos en mercenarios. No les inoculaban la crueldad, tan solo alborotaban la que llevaban dentro.

Vestidos con casacas verde oliva y botas militares, los irregulares llegaban a los sitios enseñando los machetes y las subametralladoras que robaban a los soldados del Ejército nacional. Pertrechados con las armas de los hombres a los que habían dado muerte, se paseaban exagerando los movimientos y con la mano en el cinto. Examinaban con desprecio a sus vecinos, los mismos con los que se habían criado y a los que degollaban a gusto, empujados por los recuerdos y los resentimientos. Asolaban los poblados, robaban animales, violaban a su antojo y, no contentos con asesinar a los varones jóvenes, los cortaban en trozos. Dejaban a las afueras de los pueblos los brazos y las piernas mutilados para que la gente tuviese muy claro quién mandaba en la zona. Los irregulares eran una mina de dinero para quien supiera sacarles provecho, por eso el taita esperó su momento y se los metió en el bolsillo.

Una fuerte sequía, la primera de todas, atrajo a muchos hombres y mujeres desde la sierra oriental hasta Mezquite. Abundio padre acogía a los que caían dentro de sus cercas, los enseñaba a usar la azada y a sacar agua de los pozos a cambio de techo y comida. Si llegaban en buenas condiciones, y engañándolos con conseguirles los papeles, se los ofrecía a los irregulares como gesto de paz. Fue así como los guerrilleros trabaron con él una relación larga y sólida de la que Abundio hijo aún se beneficiaba. Siguió reclutando hombres. Ya no para trabajar o subcontratarlos en las fábricas de pienso de la zona como mano de obra barata, sino para ofrecerlos al mejor postor. Vender personas era más lucrativo. Sobre los huesos de aquella gente forjó su imperio vendiéndola o cambiándola por armas.

Así engordó Abundio a las patrullas más sangrientas de la región, un gesto que los comandantes guerrilleros le agradecieron masacrando a sus enemigos o permitiéndole el paso franco a las plantaciones de amapola con la que producían la heroína que financiaba su guerra contra el Estado. Eran unos asesinos, pero sabían transigir con determinadas libertades, siempre que beneficiaran la suya.

Sepultamos nuestro matrimonio junto a los niños. No sé quiénes estaban más muertos, si los gemelos o nosotros. Hasta la ropa nos pesaba. En todo el camino no solté las cajas y pocas veces Salveiro hizo amago de cogerlas. El tiempo y el polvo soldaron los bebés a mis manos, como alguna vez lo estuvieron a mi vientre.

Aunque nos había visto llegar, Visitación Salazar no movió ni un músculo. Se mantuvo, con una pala en la mano, de pie ante la fosa abierta que ocuparían unos gemelos muertos a los que alguna vez Salveiro y yo engendramos por amor, aburrimiento o desesperación.

—¿Visitación Salazar? —pregunté.

—Mande.

—Me llamo Angustias Romero.

Se hizo un silencio rocoso, apenas tocado por el rugido del viento.

—¿Ese es tu marido?

—Su nombre es Salveiro.

—¿Es el papá de los muchachitos?

Asentí.

—¿Y por qué no hablás ahora, hombre? Hace un ratico no parabas de hacer bulla y mortificar a tu mujer. ¿Te comieron la lengua los ratones? ¿O te la arrancó la pena de un mordisco?

49

La interrumpí.

—En Cucaña me dijeron que usted podía ayudarnos a enterrar a mis hijos.

—Así es, mi amor. Aquí tus niños encontrarán la paz eterna.

—Pero acaba de decir que no tiene fosas disponibles —soltó Salveiro.

—A un niño jamás se le niega una sepultura. —Visitación hizo una pausa dramática y continuó con su interrogatorio—: ¿Cuántos son?

—Dos. Son gemelos varones —contesté.

—¿Los llevás en esas cajas?

Miré al suelo, hirviendo de vergüenza.

—Quiero verlos —ordenó.

Caminó hasta un galpón hecho con bloques de ventilación y una tabla de zinc, la única sombra disponible en aquel infierno de polvo y sol. Cogió unas llaves que tenía colgadas de un clavo y abrió la puerta de la pick-up gris.

—Vos, Angustias, venís conmigo de copiloto. El mudito viajará atrás, con los morochos.

—¿No va a examinarlos? —Salveiro se quedó de pie, en medio del cobertizo.

—A ver, mudito, ¿querés que vea a tus hijos a plena luz del día y que los toque sin guantes? ¡Subite... y cogé bien las cajas, que tu mujer lleva la ruta entera paseando a sus crías muertas!

Ella trepó a la camioneta de un salto y dio un portazo. Yo la seguí.

—¿Tenés los papeles de la autopsia? —preguntó.

Los saqué de la mochila. Les dio un repaso y me los devolvió.

—No vamos a prepararlos aquí, mejor en el cementerio central.

Giró la llave de encendido y pegó un acelerón que levantó una polvareda de arcilla. Aún era de día, pero ahí estaba la luna, redonda como un balazo en el cielo.

—¿Dónde vamos a meter a toda esa gente, alcalde?

—Usted ya sabe, Reyes: donde siempre.

El chofer no preguntó nada más. Era discreto, y con eso bastaba. Sabía lo justo. Y si oía algo más, se lo callaba. No hacía más de lo que le mandaban, pero tampoco menos. Debajo del pelo cano, la piel curtida y su aspecto de nevera, Reyes guardaba a un hombre escarmentado. Sabía a qué atenerse porque había trabajado para los cinco alcaldes anteriores, todos enchufados en el cargo por Abundio.

Escoltado por aquel hombretón, Aurelio Ortiz se abrió paso entre los que esperaban. Más que despreciarlos, les temía.

—Reparta ochenta números... El resto, que vuelva mañana. Y cuando termine, suba, lo necesito para un asunto.

El chofer se hizo acompañar y anunció las instrucciones a voz en grito:

—¡Tengan a mano sus papeles! ¡Comienzan los turnos!

Aurelio Ortiz se desplomó en la silla del despacho frente a la pantalla del ordenador apagado. Su reflejo en el monitor sin corriente le devolvió la imagen de un ser menguante. El trabajo que hacía no era decente y justo por eso Abundio lo quería ahí.

Cuando estalló la peste en la sierra oriental, Abundio diversificó sus intereses. Ya no solo se entendía con los irregulares, también lo hacía con los pasadores, que cobraban una fortuna a los que intentaban burlar los peajes de la frontera y de los que se servía como un mercader.

Haciéndolos creer que los llevarían a una plantación, un puesto de salud o una casa de acogida, los pasadores abandonaban a decenas de hombres y mujeres a su suerte y los dejaban morir de hambre y sed. Exigían a sus víctimas dos y tres veces el valor del viaje por el simple hecho de haberlos conducido hasta un lugar donde pudiesen conseguir empleo, por lo general en los terrenos de Abundio, que se lucraba de aquellas transacciones funestas.

Muy pocos migrantes llegaban con vida. El viaje era largo y duro. El sol los abrasaba de día y el frío los remataba en la noche. Todos tenían aspecto de cuero reseco. Aun débiles y enfermos, persistían en su larga caminata, pero la mayoría se quedaban a mitad de la ruta y acababan por derrumbarse, hasta que el viento y el polvo acababan sepultándolos.

En invierno los arrastraba el agua desde la parte alta del río, que los empujaba hasta Las Tolvaneras. Atascados en aquella ciénaga, sus cuerpos formaron un pantano que el gobierno hizo dragar. Por eso las tumbas solo tenían flores de plástico. Las de verdad morían por falta o exceso de riego. Esa era la paradoja de aquella tierra: el agua que daba la vida también la arrebataba.

Aurelio Ortiz era el responsable de reclutar a toda la gente. Eso lo hacía sentir culpable, y en el fondo lo era. Apenas frisaba la cuarentena, pero ya se sentía consumido. Creció sin madre ni hermanos, el único hijo del maestro del pueblo: un liberal enfermo de alzhéimer que había decidido esperar el fin del mundo leyendo los entremeses de Cervantes. Cuando se marchó a la capital de la provincia para estudiar la carrera de Administración de Empresas y Contaduría, su padre ya había perdido la chaveta. Él regresó a los dos años con un traje claro, una calculadora que sacaba raíces cuadradas y un talonario para hacer facturas.

—Mire, m'hijo, que usted no aprendió de números en Cundinamarca ya lo sabía yo. Lo que no pensé es que se le había olvidado la decencia con la que lo eduqué.

—Escuche, papá...

—¡Escúcheme usted a mí! —le espetó, incorporándose en el chinchorro—. Tener solo un hijo, y que me salga sinvergüenza. Mire que trabajar para ese matón de Abundio y, encima, ¡convertirse en el caballo de Troya de ese corrupto en la alcaldía! A este paso terminará como el licenciado Vidriera, ¡con miedo de que alguien lo rompa en pedazos!

Su padre iba y venía de la lucidez a la bruma de la infancia. Entremedias dejaba un reguero de recuerdos. Aurelio Ortiz no estaba muy seguro de quién era el fulano licenciado del que hablaba su padre; seguro se trataba de uno de los personajes de los libros que leía y por los que él nunca sintió demasiado interés.

—¡A este paso no quedarán ni los trocitos!

Con las palabras de su padre aún revoloteándole en la cabeza, sacó de su bolsillo el teléfono y marcó el número de Críspulo Miranda, el peón al que Abundio confiaba sus animales.

—¿Críspulo? Aquí Aurelio Ortiz, el alcalde.

Hizo una pausa teatral.

—Vaya sacando los perros. Tenemos que hacer una visita esta tarde.

Higinio y Salustio tenían las boquitas moradas y una cicatriz les cruzaba el pecho: diez puntos de sutura, de arriba abajo, los mismos que aún cruzan mi vientre, repartidos de izquierda a derecha. Visitación frotó sus mejillas con un algodón impregnado en alcohol.

—Cantales algo, para que no olviden tu voz.

La miré como si estuviera loca. Y lo estaba.

—¿Vos crees que no pueden oírte? —preguntó, sosteniéndome la mirada—. Cantá, silbá. Deciles algo.

—No quiero.

Fuera, el sol brillaba sobre las cruces de las tumbas, cubiertas por una paz mugrienta y metálica. Visitación siguió rebuscando en un armario lleno de botes y frascos. No paraba de moverse por toda la habitación.

—Mi papá era el celador del cementerio central. Cuando yo era muchachita me mandaban a llevarle la comida, un café o un vaso de agua. —Se dio la vuelta y siguió hablando sin mesura, como casi todo lo que hacía—. ¿Sabés cómo enterraban entonces a la gente? —Negué con la cabeza—. Directo en el hueco. No les ponían vestido ni les tapaban el rostro. Les caía la tierra encima... —Sujetó a Salustio en brazos y lo meció—. Entonces solo mataban los irregulares, a plomo limpio. ¡Bang, bang!

—Imitó una pistola con sus manos—. No había respeto ni dignidad. Ahora tampoco es que haya mucha...

Con los dedos cubiertos por guantes, estrujó las mejillas de Higinio para disolver las costras de polvo estampadas en el rostro de mi bebé. Miró alrededor, buscando algo.

—Cogé al otro muchachito y ponele el vestido que está sobre la mesa. —Señaló un batín de tela blanca.

—Pero si es un vestido de bautizo.

—Mejor, ¡para que llegue allá arriba buenmozo!

La túnica olía a polvo. Hasta el corte parecía antiguo. No quería vestir a mis hijos con esa ropa fantasmagórica. Quiénes y cuántas veces habrían usado esas prendas. Qué más daba sepultarlos de una forma u otra: con que pudiésemos despedirnos bastaba.

—Prefiero que lleven solo sus pañales de tela.

—Se hará como vos digás.

Devolvimos a los gemelos a sus cajas, que Visitación había forrado con tela blanca para hacerlas parecer ataúdes.

—Tomate tu tiempo, espero fuera.

Cerró la puerta con cuidado y me dejó a solas con mis hijos.

Quise abrazarlos, apretarlos contra mi cuerpo hasta absorberlos. Desde que nacieron, algo se interpuso siempre entre ellos y yo: la incubadora, la sala de prematuros, la unidad de cuidados intensivos. Ahora que los tenía tan cerca, no podía siquiera abrazarlos.

Dos lágrimas bajaron por mis mejillas. Cuanto más las secaba, más gruesa y salada se volvía la siguiente. No quería llorar, no así, como si aceptara las cosas sin exigir una explicación. Cerré las cajas y salí del galpón con ellas bajo el brazo. A los pies de un árbol de dividí, Salveiro hacía surcos sobre la arena con una piedra.

Visitación quiso ayudarme, pero me negué.

—Levantá, mudito. Llegó la hora —ordenó a mi marido.

Subimos a la pick-up en silencio, sin mirarnos siquiera.

—¡Cogé bien las cajas, mudito, que el camino se ha puesto cabrón hoy!

El aire soplaba con fuerza y la luz del sol hacía brillar las alambradas de púas. Después de un largo rodeo, nos incorporamos a una carretera llena de baches. No había más que cardos, chaparros y solares repletos de basura que los chivos comían como si fuera hierba. Seguíamos la línea de una carretera desierta. No buscábamos un hogar ni regresábamos al que abandonamos; tan solo recorríamos el camino hacia una tumba. A veces nos cruzábamos con autos destartalados y carretas tiradas por caballos que los chatarreros usaban para llevar la basura. Los animales estaban tan flacos que se podían contar las costillas repujadas bajo la piel desperrugida.

Justo en la desviación hacia el cementerio, una camioneta con los cristales tintados nos adelantó a toda velocidad.

—Mal asunto —dijo Visitación.

—¿Por qué?

—No llevan matrícula. Aquí el único que se mueve sin identificación es Abundio.

—¿Quién es ese?

Visitación chasqueó la lengua con los ojos aún clavados en el retrovisor.

—Me están buscando —soltó.

—¿Para qué?

—Para nada bueno.

Pisó el acelerador y condujo sin decir palabra. Cuando llegamos al cementerio, oímos a los perros ladrar.

El alcalde bajó de la Mitsubishi. Iba vestido con un pantalón y una guayabera de lino, todo de blanco, como un dulce de Pascua. Críspulo Miranda lo esperaba apoyado junto al muro de la perrera.

—¡Quieto ahí, Roco! —El capataz escupió sobre la arena y tiró de la correa.

El animal se sentó sobre las patas traseras.

—¿Qué les pasa? ¿No han comido? —Aurelio se secó la frente con un pañuelo.

—Cuanta más hambre tienen, peor se ponen.

—Vamos a meter miedo. Solo eso, no más.

—¿Adónde?

—A Las Tolvaneras, donde Visitación Salazar.

—Entonces me llevo a Azufre y a Aníbal.

—Con Roco es suficiente.

—La última vez, la vieja disparó al aire. Mejor ir prevenidos.

—¡No me discuta, Críspulo! —Aurelio habló con voz de mando. El indio resopló—. Busque a Lucero y al otro perro, el pastor alemán que trajo Abundio.

—Yo solo saco a los lobos.

—¡Desate a los que le digo, carajo!

El peón lo miró, resabiado, y caminó de vuelta hacia la perrera.

Críspulo Miranda era un tipo de cuidado. De haber tenido una madre, la habría vendido a cambio de dos botellas de licor. Sus manos estaban cuarteadas y de su dedo pulgar sobresalía una uña afilada como una garra. Era flaco, alto y de pocas palabras. Tener, lo que se dice tener, no tenía siquiera nombre; hubo que inventárselo. Lo encontraron los peones en la carretera hacia Mezquite, sentado en una cuneta y abrazado a la cabeza de su papá. Ahí lo dejaron los irregulares después de asesinar a su familia a machetazos.

El peón nació y creció viendo morir y matar. Era su naturaleza. Cuando lo llevaron ante Alcides Abundio, el viejo lo acogió y le asignó labores en las que no fuese necesario instruirlo. Como no hablaba, resultaba imposible saber si era sordo o tarado. Por eso Abundio le dio una única tarea: alimentar y cuidar de los perros guardianes con los que protegía sus terrenos. Unos chuchos malos y grandes, animales feroces y oscuros. Críspulo no se limitó a cebarlos, también los adiestró y desparasitó. Para ganarse unas monedas, capaba perros ajenos. Así se inició en la bebida, que compraba con la calderilla de sus cirugías. Se hizo tan bueno con el aguardiente como con el machete, el mejor en toda la frontera.

Críspulo se entendía con las bestias, porque a él lo habían tratado como a una. No había en la propiedad de Abundio nadie que cuidara a aquellos animales con más mimo y entrega. Los cepillaba dos veces al día, les ponía el pienso y hasta los enseñó a cazar. De ellos aprendió lo más elemental: el hambre, la cópula y la defecación. Y así vivía él, distribuido en esas tres tareas.

Era un hombre sin edad, demasiado viejo para parecer un muchacho, aunque muy simple para considerarlo un adulto apto. Un día lo descubrieron acechando a un burro con tres pastores alemanes y dos dóberman. Los arrimó azuzándolos con una caña. Enrabietados y hambrientos, se abalanzaron sobre el burro y le arrancaron el pelaje a dentelladas. Críspulo no hizo ningún gesto, ni siquiera pronunció una orden para apartarlos. Una vez que los perros desgarraron la piel, Críspulo se plantó delante y comenzó a repartir machetazos. Chilló tanto el pollino que las mujeres y hombres que trabajaban en la casa salieron a toda prisa para ver qué pasaba. Lo encontraron cubierto de sangre y con el machete aún en la mano.

A partir de ese momento, Críspulo recuperó el habla y se convirtió en la sombra del viejo Abundio. No se separaba de él ni de día ni de noche.

Esperaron en la entrada del cementerio. Aurelio, resguardado tras unas gruesas gafas de sol, y Críspulo, con tres pastores alemanes atados con cadenas. Eran unos animales corpulentos, fieros como leones de bronce.

Visitación bajó de la camioneta con una pala en la mano.

—Dejá pasar, indio. Traigo a un matrimonio que viene a enterrar a sus hijos. —Miró a Aurelio de arriba abajo—. ¿Siempre viste así de bien para hacerle los recados a Abundio, alcalde?

—Respete, doña. Vengo en nombre de la autoridad.

—Abundio no es la autoridad. Él abusa, que es otra cosa.

Aurelio se llevó la mano al rostro empapado de sudor.

—No puede seguir usando este terreno. —Se secó la frente con un pañuelo—. El cementerio es ilegal, usted lo sabe.

—Yo no tengo que darle explicaciones, y menos ahora. ¡Deje pasar!

Angustias arrancó las cajas a su marido y se plantó junto a Visitación. Rezagado, Salveiro las alcanzó arrastrando los pies.

El más grande de los perros se levantó sobre las patas traseras, enseñando los dientes afilados y las encías oscuras. Los otros dos gruñían, azuzados por los ladridos del primero.

—¡Respete a los muertos, Aurelio! —gritó Visitación—. ¡Y vos también, Críspulo! ¡Recogé esos animales!

El peón aflojó la cadena y el pastor se acercó aún más. Visitación tragó saliva. Tenía miedo, y Aurelio Ortiz también.

—¡Un paso más y te dejo la cabeza peor que a tu papá! —Levantó la pala—. ¡No me obligués, quitate del medio!

A Críspulo lo divertía todo aquello. Aurelio aún no llegaba a comprender si su crueldad era innata o si había sido la media botella de aguardiente que se despachó en el camino la que lo puso peor. Después de beber, el peón se comportaba como uno más de sus perros.

El plan no estaba saliendo bien, y el alcalde lo sabía, pero se mantuvo como un mirón, incapaz de controlar nada. Angustias Romero avanzó unos pasos y se plantó ante él con las cajas en las manos.

—Déjeme pasar.

Aurelio se ajustó las gafas de cristales oscuros. No lo cegaba el resplandor del sol, sino la vergüenza.

—Déjeme pasar —repitió ella sin alzar la voz, dirigiéndose ahora a Críspulo.

—¡Angustias! ¡Ven aquí! —Salveiro intentó cogerla del brazo.

—¡Suéltame! —Lo apartó.

—Dejala, mudito. —Visitación bajó la pala y esperó con las manos posadas en la empuñadura.

A Críspulo se le dibujó una sonrisa torcida en el rostro.

—Nadie se lo impide, señora. Por aquí puede caminar, inténtelo...

La cadena, tensa alrededor del cuello, le había hecho una herida en el pescuezo al pastor alemán. Angustias se abrió paso como si aquellos hombres fueran una invención que ella podía atravesar tan solo con su dolor y su voluntad. El perro se abalanzó sobre ella, pero Críspulo lo retuvo tirando de la correa.

Angustias lo miró con frialdad, como si lo estuviera observando desde un lugar muy lejano. Sin quitarle los ojos de encima, se arrodilló sobre la arena con las cajas entre las manos y cantó a gritos una nana con la que dormían a los niños al otro lado de la sierra:

> *Duérmase, mi niño,*
> *que tengo que hacer,*
> *lavar los pañales y hacer de comer...*

Su voz rebotó contra Aurelio con la fuerza de su pena. El alcalde se giró hacia Críspulo, que sujetaba las cadenas con sus manos de uñas corvas. El pastor bajó las orejas, dobló las patas traseras y escondió el hocico. Había olido el dolor.

> *Duérmase, mi niño,*
> *duérmase, mi amor,*
> *duérmase, pedazo de mi corazón.*

El alcalde quiso meter el rabo entre las piernas y echar a correr para dejar atrás al hombre en el que se estaba convirtiendo.

Críspulo volvió a tirar de la correa para embravecer a los animales, pero no lo obedecieron. Se habían convertido en tres más de los chivos que pastaban en los vertederos de Las Tolvaneras.

El peón se dio la vuelta y caminó hasta la Mitsubishi. Ató a los perros a la baranda de hierro de la caja trasera y esperó sentado en el parachoques.

Aurelio Ortiz se acercó a Angustias, que levantó el rostro cubierto de polvo y lo miró a los ojos.

—Quiero enterrar a mis hijos, solo eso.

Empujada por el viento, la arena formó remolinos en el aire. Aún de rodillas, ella sujetó las cajas con más fuerza y retomó su canto:

> *Duérmase, mi niño,*
> *que tengo que hacer,*
> *lavar los pañales y hacer de comer...*

Su voz era el único árbol que daba sombra.

Oí mi propia voz como si fuera la de otra mujer. Salió de mi boca empujada por la piedra de rabia atorada en mi garganta. Canté para sacarla. La arena del cementerio me había cubierto las mejillas hasta formar una máscara sobre mi rostro rajado de llanto. Me ardían los ojos, como si llorara vinagre.

Cuanto más vaciaba el pecho, mayor se volvía mi furia: contra la peste, contra Salveiro, contra Dios y los hombres que no me dejaban pasar. Y aunque los perros del peón me gruñeron cerquita, no me eché atrás. Me daba igual que me arrancaran los labios a dentelladas. Yo misma los habría mordido para proteger a mis hijos. Si nos trataban como bestias, yo me defendería como una. Lo aprendí en el camino hasta aquí. Cubrí a los niños con mi cuerpo y hundí la cara en la arena, lo hice por miedo y por las ganas de no sentirlo nunca más.

Mi voz era el garrote. Y cuanto más alta fuese mi canción, más firme se volvería mi cuerpo para pelear contra ellos. Me lo habían quitado todo, menos la rabia. Si no podía pagar por una tumba, estaba dispuesta a morir buscándola.

Esa tierra no era mía, pero era tierra. Me acostumbré a ella, porque en los caminos que cruzamos hasta la frontera se pegó a mi piel como si alguien la echara sobre mí antes de tiempo. Jamás me convertiría en polvo, porque ya estaba hecha de él.

Me dolían los oídos y la garganta de tanto aguantar el llanto. Cuando se queda dentro, el grito raspa. Es como un pájaro que se da golpes contra las paredes buscando una ventana para escapar. Resucitado de sus fiebres, Salveiro se echó sobre mí para cubrirme. Ni siquiera me tomé la molestia de apartarlo. Eso era él: un peso muerto.

El hombre que decía ser el alcalde intentó cogerme del brazo, dizque para darme consuelo. Yo no quería su compasión, solo enterrar a mis dos hijos. No recuerdo cuánto tiempo transcurrió, ni cuándo el sol se escondió; solo sé que, al levantar el rostro, Visitación limpió mis labios cubiertos de arena con un pañuelo. Los perros ya no estaban.

Una nube gris cubrió el cielo anunciando la tormenta. Visitación batió la mezcla a toda prisa, para anticiparse al aguacero. Cuando estuvo lista, mi marido cogió la caja de Higinio y yo la de Salustio. Las metimos en un nicho hecho con bloques de cemento. De pie, ante el sepulcro, vi pasar una vida que pudo durar más.

¿Adónde irían mis hijos cuando selláramos la tumba? ¿Echarían en falta mi olor? ¿Se cerrarían sus cicatrices en la oscuridad? ¿Volverían a nacer en un lugar en el que yo pudiese encontrarlos? «Ingenua, Angustias, fuiste ingenua por creer que vivirían», pensé.

Del poco pelo que me quedaba corté unas puntas, hebras nomás, y las dejé dentro de la tumba. Una sola bastaría para que pudiesen conseguir el camino de vuelta al mundo en el que yo estaría esperándolos.

Visitación frisó con una espátula y remató las juntas con una talocha, mirando al cielo todo el rato. Partió un palo de dividí para identificar el nicho. Lo cedí a Salveiro, para que escribiera él los nombres sobre el cemento fresco, pero no quiso. Lo hice yo.

El olor a tierra mojada se esparció por el cementerio y las primeras gotas cayeron pesadas sobre la arena. Apenas nos dio tiempo de refugiarnos en un galpón repleto de tablas de madera, azadas y palas. La lluvia descargó con fuerza, llevándose consigo el tufo de los perros y borrando las letras recién inscritas sobre los nichos de nuestros hijos.

Visitación nos dejó pasar ahí la noche. No teníamos adónde ir.

—Vuelvo mañana. Cierren bien. A veces aparecen por aquí muchos sinvergüenzas.

Se alejó hacia Mezquite levantando el barro de los charcos con las ruedas de su camioneta. Las Tolvaneras se había convertido en un lodazal. El cuerpo me dolía más que el día del parto, pero mi travesía, al fin, había terminado.

Me desperté con la luz de los relámpagos y vi que el sitio de Salveiro sobre el jergón estaba vacío. Cogí un machete colgado de la pared y salí tras él. El solar aún estaba inundado y la luna llena se reflejaba sobre los charcos de agua terrosa.

—¡Salveiro! ¡Salveiro!

Lo busqué en el cobertizo; no estaba. Luego en el galpón de las herramientas; nada. Bajo los árboles de dividí; tampoco. Lo encontré arrodillado frente a la tumba de los niños, con un martillo en la mano.

—¿Qué haces, hombre?

Sin darse la vuelta, descargó un golpe contra la lápida aún fresca. Solo entonces se giró, me miró desafiante y volvió a golpear.

—¡Me los voy a llevar! ¡Tú y esa vieja me quieren quitar a mis hijos! ¡Ladronas!

—Tú querías dejarlos en la morgue. De haber sido por ti, habrían acabado en un basurero.

—¡Se murieron por tu culpa! ¡Te lo dije! ¡Que no viajásemos! ¡Pero te empeñaste!

—Habrían muerto igual si nos hubiésemos quedado.

—¡Eso es mentira! ¡Por tu culpa! ¡Querías que se me murieran en el camino, para no tener que cargarlos más!

—Salveiro, estás enfermo y no sabes lo que dices.

—Sé que tú te empeñaste en salir, y por eso los mataste...
—Paró, exhausto—. ¡Yo también tengo derecho a elegir dónde enterrarlos! ¡Aún son hijos míos!

—Si vuelves a aporrear...

Descargó otro martillazo.

—¿Qué? ¿Vas a rajarme con el machete? —me increpó.

Levanté el chuzo.

—¡Suelta ese martillo!

Dio otro golpe. Y luego otro más.

—Tengo que sacar a los niños. ¡No me los vas a robar!

Un nuevo rayo roció las nubes con su luz blanca.

—Salveiro, ¡para!

Bajé el machete, pero él seguía repartiendo martillazos y llorando como un niño.

—Estás muerto, Salveiro. Y no seré yo quien te entierre.

Me di la vuelta y caminé hasta el galpón, cogí la mochila con sus cosas y la dejé en el patio. Cerré la puerta con llave y me tumbé en el jergón con el machete aún en la mano. El resplandor de otro relámpago cruzó el cielo oscuro. Cuando el trueno descargó, yo ya tenía los ojos cerrados.

Durante tres días y tres noches dormí bajo los árboles de dividí, unos arbustos flacos y desplumados. Me dolía el cuerpo, roto por el esfuerzo y el cansancio. Bebía del grifo de agua del galponcito y volvía a tumbarme a la sombra. Dormía todo el día, incluso hasta cuando estaba despierta.

La luz era lo único que indicaba cuánto tiempo había transcurrido desde que Salveiro se marchó. La última noche soñé con él, me desperté gritando y llamando a los bebés. Fue Visitación quien me despertó. La reconocí por su pañuelo de colores y aquella corona de avispas que la seguía a todas partes.

—¿Y el mudito?

—No está.

Se hizo un silencio.

—Y vos, ¿cuándo te marchás?

No contesté. Yo solo quería dormir, descansar junto a mis hijos, quedarme ahí hasta echar raíces como un árbol más de Las Tolvaneras. Que me dejaran tranquila, que me desenchufaran o me apagaran como una lámpara.

—Bebé esto, que espabila. —Me dio una taza de café—. Tiene bastante azúcar.

Me costó incorporarme; el cuerpo me pesaba como una losa.

—No has comido, ¿verdad? He venido tres días y los tres te he encontrado dormida. —Acercó la taza a mis labios—. Sorbé... Después de que bebás eso te llevo al pueblo.

—Quiero estar aquí.

—¿Dónde, si no hay sitio? Tenés que buscarte la vida.

—Puedo trabajar para usted.

—No te necesito, y si así fuera, tampoco tengo con qué pagarte. —Resopló—. Vos no sabés nada de muertos, ni siquiera tenés fuerza para usar una pala.

—¡Sí que la tengo!

El café estaba empalagoso y espeso, bien cargado de grano y papelón. Sentí cómo me bajaba por la garganta.

—Puedo hacer lo que usted me mande. Déjeme quedarme.

—Aquí solo hay tumbas, nada más.

—No me importa.

No tenía más que decir, y hasta que ella me echara de su cementerio, yo no me movería de ahí.

—Si querés quedarte, tendrás que trabajar a cambio, como mucho, de techo y comida.

—¿Por dónde empiezo?

Visitación soltó una risa, a todo pulmón.

—¡Boooooooba! ¡Mujer boba que sos vos, burra enzapatá! El hambre te está haciendo desvariar... ¡Ni sabés lo que dices! ¿Te has visto esos brazos flacos? No tenés fuerza ni para hacer un hueco en la arena.

—Quiero quedarme.

—No es así de fácil. Las cosas no se hacen a lo loco y hay asuntos que tendrían que quedar muy claros antes. —Asentí—. Aquí los muertos son sagrados. Ni se les jurunga ni se les difama. Yo los devuelvo a la tierra con respeto. Y quiero que vos hagás lo mismo.

Cogí la taza y di otro sorbo al café caliente.

—No somos plañideras. Enterramos para que otros descansen en paz... —Visitación me miró a los ojos—. ¿Por qué querés quedarte?

—Quiero estar junto a mis hijos.

—¿Solo eso?

—¿Y por qué más querría hacerlo?

—Yo qué sé... No tenés papeles, a lo mejor debés plata. O la debe tu marido.

Negué con la cabeza.

—Tengo dos hijos muertos, solo eso.

Me estudió, buscando un gesto, cualquier cosa a la que agarrarse para decirme que me marchara. Sin despedirse, caminó hasta el galpón, dio un vistazo a los nichos y subió luego a la camioneta. No la vi alejarse, un sueño profundo me abatió sobre la arena. Me disolví como un terrón empujado por la brisa de Las Tolvaneras.

A la mañana siguiente, Visitación regresó con un par de botas de plástico.

—Si pensás quedarte, las vas a necesitar. —Dejó los zapatos en el suelo—. ¿Tenés alguna pregunta? —La negra me miraba en silencio—. Que si tenés alguna pregunta...

—¿Volverán los perros?

Mis hijos no resucitaron y mi vientre se amojamó. Me resequé como un bejuco y eché raíces en aquella tierra arenosa bajo la que dormían, arropados en dos cajas de zapatos, los únicos seres a los que amé.

Visitación me ignoraba. A veces me pedía cosas, pero no demasiado complicadas, nada que entorpeciera su trabajo. «Prepará café, recogé la pala, cortá estas ramas, buscá estas piedras.» La mujer voseaba aspirando la ese y cargando la última vocal con un latigazo de mando.

Ella no tenía horarios fijos. Igual venía tres o cuatro veces en un mismo día como desaparecía hasta la tarde. La mayoría del tiempo se presentaba con las familias de los difuntos, otras sola. A mí me daba igual. Con que me dejara vivir en el anexo, junto al galpón, era suficiente. Si por algún motivo ella pasaba la noche en Las Tolvaneras, yo le dejaba el jergón y dormía en el chinchorro.

Visitación era incapaz de pasar desapercibida. Bajaba de la camioneta luciendo sus caderas apretadas y sus piernas vigorosas. Ella solita descargaba los cuerpos y los preparaba durante horas. Apenas paraba para descansar. Bebía unas mezclas de polvos vigorizantes, daba un par de caladas a sus cigarrillos y regresaba a sus labores.

Yo me mantenía con muy poco. Comía de lo que podía cocinar en la hornilla, y como había un grifo de agua para beber y hacer café, el resto me daba igual. Me afané en mantenerlo todo en orden, limpiar las tumbas y hacerme un lugar en aquel cementerio. Si quería ganarme el derecho a permanecer junto a mis hijos, tendría que trabajar.

Las primeras semanas batí cemento hasta la extenuación. Era una forma de mitigar el odio contra un Dios que nos mataba de hambre y amnesia. Si los hombres de Mezquite drenaban su furia a machetazos, yo lo hacía con las manos. Con ellas levantaba mi propia guerra y combatía los demonios que crecían dentro y fuera de mí.

Preparé montañas de mezcla, removiéndolas a menudo para evitar que se endurecieran. Si la necesitaba, Visitación llenaba un cubo con el cemento y se marchaba sin contestar mis saludos. Cuando se cansaba de mover bloques y sepultar muertos, fumaba otro cigarrillo cerca de las alambradas y volvía a lo suyo.

—¿Necesita ayuda?

Pero ella ni caso, como si yo fuera uno más de sus muertos.

Me recordaba a las mujeres dicharacheras de la costa oriental. Era voluntariosa y coqueta. Nunca desataba su pañuelo de la cabeza ni renunciaba a las mallas de colores que acentuaban sus curvas. Y siempre con aquellas avispas, un halo de plaga que la coronaba en su reino de tumbas.

Visitación hablaba por teléfono dando voces, como si gritar mejorara la cobertura en aquel fin del mundo. Era rara y voluble. Unas veces despachaba a la gente con brusquedad y en otras se deshacía, melosa, repartiendo deseos y bendiciones.

—No se afane, papi, que ya voy para allá —decía, con el aparato en la mano.

Tenía un novio que la llamaba a cada rato. Trabajaba en el cementerio central; lo deduje porque ella le preguntaba hasta el último detalle de lo que ocurría ahí.

Una vez me descubrió espiándola.

—¿Qué mirás? ¡Ocupate de tus asuntos! ¡Andate a batir cemento!

En eso se me iban los días, en mezclar barro con una pala y montar guardia frente a la tumba de los gemelos. Después de arreglar los martillazos de Salveiro, limpié la lápida y planté algunas semillas para que al menos tuvieran cerca algo vivo. Nunca florecieron.

Yo no estaba dispuesta a marcharme ni a regresar a la sierra oriental. Allá ya no me quedaba nada. Aquí, al menos, descansaban mis recuerdos. A veces, a lo lejos, oía a los perros ladrar.

Un hombre bajó de un Chevrolet color azul, se despidió del conductor y caminó hasta el portón. Venía solo y eso me tranquilizó, pero igual no le quité la vista. No parecía un matón del alcalde, tampoco un chatarrero. Era joven e iba vestido con unos bermudas y unas chanclas.

—¡¿Usted quién es?! —grité, con la pala en alto.

—¿Cómo dices?

Se llevó la mano al oído.

—Que quién es usted. ¿Qué quiere?

—Soy Víctor Hugo...

Visitación salió del galpón moviendo las caderas.

—Papi..., ¿por qué no estás en el trabajo? Espérate no más, recojo las cosas y nos vamos.

—¿No me presentás a la señora?

—Se llama Angustias. Está aquí de paso, mientras consigue adónde irse, ¿verdad, m'hija?

Víctor Hugo se quedó esperando a que lo presentara como su novio, pero ella ni caso.

—¿Qué hacés ahí parado, Víctor Hugo? ¡Vámonos, se hace tarde!

Antes de subir al asiento del conductor, Visitación se dio la vuelta.

—Voy a Cucaña a comprar cemento y devolver unas palas que me vendieron de mala fe. Víctor Hugo no carga peso porque tiene una hernia y yo no puedo mover todos los sacos sola...

—Yo la ayudo —me adelanté.

Ella señaló la caja trasera con los labios.

Me encaramé a toda prisa junto a la rueda de repuesto, de espaldas a la cabina. Nada más arrancar, Víctor Hugo comentó algo, un hilo de voz que apenas pude distinguir. Visitación se puso furiosa.

—¿Más plata? ¿No estarás vos apostando otra vez a los gallos?

Cerró la ventanilla de la cabina, para que yo no pudiera escuchar la conversación, pero ella hablaba tan alto que de nada valían los cristales. Intenté aguzar el oído. El hombre murmuraba, encogido en el asiento del copiloto. Cada réplica suya empeoraba el humor de Visitación.

—¡Mirá, Víctor Hugo, que yo no soy ninguna tonta! ¡Vos te estás gastando el dinero en parranda! ¡No soy alcahueta ni escaparate de nadie! ¡No me guardo nada! Ni te voy a prestar dinero ni te voy a dejar vivir en mi casa. Lo avisé muy clarito desde el comienzo. ¡Yo quiero ser tu mamasota, no tu mamá!

Víctor Hugo no abrió la boca hasta llegar a Mezquite. Bajó de la camioneta haciéndose el remilgón, pero Visitación siguió en sus trece.

—Ya te dije lo que tenía que decir. Y no me enmendés la plana. Aquí mando yo, ¿quedó claro?

—Visitación, reina, ¡deja a ese hombre y vente conmigo! —le gritó un muchacho desde una moto.

—Cuidado y se le cae el mandado, m'hijo. ¡Y respete, que los niños hablan cuando la gallina mea! —Ella se hacía la ofendida, pero le gustaban esos piropos. Las palabras de los hombres la hermoseaban.

A mí ni me vio, y menos mal. Cargué con los bidones vacíos e intenté llevarlos a la vez, pero dejé caer uno.

—Traé, Angustias, que entre dos pesan menos. —Se giró hacia el novio, tajante—. ¡Y vos, andá al cementerio, que después viene el párroco y también me va a echar la culpa de que no trabajás!

—¿No me acercás hasta allá?

—No, papi, vete andando. La mamasota está ocupada. ¿No lo ves, mi vida?

Visitación ajustó el pañuelo que le cubría la cabeza, se subió las mallas y arrastró el bidón con las dos manos.

—¡Apurá, Angustias! ¡Después hay que buscar cemento!

—Si me quedo a cargar los sacos, ¿me llevás al cementerio? —insistió Víctor Hugo.

—No, papito. Yo a vos no te necesito, para estas cosas no. ¡Adiós, mi rey! —Y soltó una carcajada.

Aurelio Ortiz nunca había visto a Abundio tratar a nadie como a Críspulo. Era el peón a cargo de sus perros, su mano derecha para los asuntos de los gallos y otros negocios de la hacienda, pero solo llegó a confiárselos después de mucho tiempo. Le había costado cogerle la medida y aprovechó el episodio del burro para atarlo en corto.

Todos sabían lo que había ocurrido y repetían la historia aliñándola con datos exagerados. Que si el demonio lo había empujado a actuar así, que si estaba poseído por el espíritu del padre decapitado. «Muchacho malo», «Mal cristiano», «Era el diablo en la tierra», cuchicheaban a sus espaldas. Críspulo era cruel, y eso a Abundio le gustaba, pero tenía sus dudas sobre si estaba o no de su lado. Así que decidió ponerlo a prueba.

—Con los indios nunca se sabe —dijo a sus hombres cuando le fueron con el cuento de los machetazos—. A la gente como Críspulo hay que enseñarle quién manda y de cuál lado le conviene estar.

Tras volver de Sangre de Cristo, donde se reunía con criadores de gallos, guerrilleros y matones a su servicio, el viejo despachó a Reyes y a sus escoltas y buscó a Críspulo por toda la hacienda. Lo encontró en el cobertizo. Entonces ya era un muchacho, pero seguía comportándose de manera extraña y hosca.

Sentado en cuclillas, Críspulo sacaba lombrices de la tierra con un palo, las aguijoneaba un buen rato y luego se las metía en la boca aún vivas, sorbiéndolas como un fideo terroso. El viejo, con la escopeta colgada del hombro, lo cogió por el brazo y, apretándolo fuerte contra la Winchester, lo llevó hasta el comedor.

Le lavó la boca y lo sentó a la mesa. Procuró que todos lo vieran. De paso, así le dejaba una afrenta a su mujer, que no volvería a probar bocado cuando se enterara de que el peón que tanto asco le daba había comido en sus platos. Quién sabe si, con suerte, hasta se marchaba de una buena vez y la perdía de vista para siempre.

Críspulo jamás había usado un mantel y no sabía sujetar un tenedor. Hasta ese día había comido en la perrera cogiendo peguntes de arroz con los dedos. A veces, por compasión, le hacían llegar un picadillo, un plato con las sobras de los demás trabajadores, que él comía directo de la escudilla como un pastor alemán más.

Había crecido bebiendo directo de un cazo la mazamorra, un mazacote de maíz lleno de gorgojos. Tampoco había utilizado antes una servilleta, ni mucho menos probado unas arepas tan blancas y tiernas como las que Abundio le hizo servir rellenas de queso blanco y acompañadas con frijoles negros, carne mechada y plátano frito.

—Si tiene hambre, coma —ordenó, señalando el plato.

Críspulo parecía receloso y desconfiado. Cogió la arepa con las dos manos y mordió con ganas.

—¿Cuidás bien a los perros?

El muchacho tragó la bola de queso, mantequilla y harina con esfuerzo. La sintió atorarse y le golpeó el pecho con dos toquecitos. Rebañó los frijoles negros con el resto del bollo y lo engulló sin beber ni un sorbo de agua.

—Me han contado que sabés usar el machete y que tratás a mis perros como princesas.

El viejo ensartó un trozo de plátano frito en el tenedor y se lo acercó a la boca obligándolo a probar. El otro masticó con fuerza.

—Coma, coma bastante. —Abundio ensombreció el gesto—. También me dijeron que mataste un burro a machetazos. ¿De eso no contás nada?

Críspulo paró de comer de golpe.

—Conmigo no te hagás el mudo, sé que hablás...

Le apretó la mandíbula con fuerza.

—Mataste mi mejor animal de carga... —Enterró el plátano entero en su boca—. Aquí el único que mata soy yo.

El chico tosió, ahogándose.

—¡Trague, malagradecido! —Empujó el tenedor aún más—. Yo a usted lo he tratado como a un hijo, le he dado techo, comida y oficio. ¿Y así me paga, matando a mis bestias? ¡Coma, carajo!

Críspulo se revolvió con arcadas.

—Hasta que no acabe, usted no se levanta.

Lo tumbó sobre la mesa y le bajó los pantalones hasta las rodillas. Con la bragueta abierta y las manos apoyadas sobre las caderas del peón, arremetió con fuerza, varias veces. Cubierto de tierra y semen, Críspulo gruñó con el plátano enterrado en la boca.

—¡Aprenda! ¡Aprenda! ¡Aprenda! —Por cada orden, Abundio ejecutó una embestida.

Cuando acabó, se subió la cremallera y salió al patio haciendo sonar sus botas. A oscuras, recostado sobre el tablón, Críspulo vomitó una pasta de lombrices y frijoles a medio masticar. En el cobertizo, los perros ladraban atados al tronco de un árbol de guanábana.

En Mezquite todos hablaban de Angustias Romero. Los tenderos se referían a ella como la ayudanta de Visitación. Decían que se había vuelto loca por la muerte de sus hijos y que por eso se había quedado en Las Tolvaneras. Aurelio Ortiz quiso saber si era verdad lo que decían y se acercó a la venta de gasolina de Mezquite a la que Angustias acudía todas las semanas.

La encontró sin mucho esfuerzo: ella intentaba sacar combustible del tanque con una manguera para escupirla después en un bidón de plástico. Cuando advirtió la presencia de Aurelio Ortiz, tragó un buche de gasóleo y comenzó a toser.

—¿Qué hace, mujer?

Ella lo apartó dando manotazos, pero el mareo era aún más fuerte que su mal genio. El alcalde la sujetó con fuerza y descargó palmadas en su espalda hasta hacerla expulsar una baba rojiza sobre la arena.

—¡Deje, deje! —Se incorporó.

Ni asfixiada Angustias Romero daba tregua. Aun desorientada, parecía más fuerte y empecinada. Cuando acabó de toser, miró alerta en todas direcciones.

—Si no sabe trasvasar gasolina, ¿para qué inventa? ¡Se pudo haber envenenado!

—¡Aleje a los perros, ni se le ocurra acercarlos!

Aurelio Ortiz resopló.

—Aquí no hay ningún perro, así que esté quieta y cálmese de una vez.

Abrió la cabina de la ranchera y la tumbó en el asiento. Poco a poco ella recuperó el color, también la mirada de hielo que le había dirigido la última vez, allá en Las Tolvaneras.

—¡Reyes, venga acá!

El chofer acudió con la Glock encajada en el cinto.

—No deje el arma a la vista, Reyes —el alcalde bajó la voz—. Haga el favor de subir a la camioneta de la señora y sígame.

—Yo con usted no voy a ninguna parte. —Angustias volvió a toser.

—¡Cállese! —la riñó Aurelio—. ¡Y por una vez en su vida, haga caso!

La examinaron en el dispensario del pueblo sin mayores aspavientos. Muchos en peor estado que el suyo se quedaban tiesos. Con un vaso de leche se le pasaría.

—Nadie ha muerto por tragarse un buche de gasolina. —El médico dibujó una sonrisita maledicente—. Como mucho, tendrá indigestión y eructará vapores. Siempre que no fume, se le pasará en dos días.

Angustias se levantó de la camilla, se recompuso el pelo con las manos y se enderezó como si en lugar de combustible se hubiese tragado una vara de palma.

—Angustias, espere. —Aurelio intentó detenerla, pero la mujer echó a andar sin volver la cabeza.

El alcalde se quedó inmóvil, atornillado a las baldosas del dispensario, con un pañuelo en la mano. Las risitas del médico y la enfermera lo despertaron de su asombro.

—Buenos días, gracias por su tiempo —se despidió bruscamente.

Cuando salió a la calle, Angustias se había marchado. Le arrebató las llaves a Reyes y se fue hecha una fiera. Cuando quiso alcanzarla, ya era tarde. Había doblado a la derecha en la esquina de la calle principal, a toda velocidad, rumbo a la Nacional.

—Don Aurelio...

—¿Qué, Reyes?

—¿Lo llevo a cambiarse? —El chofer lo miró de arriba abajo.

Sus pantalones se habían convertido en un guiñapo de barro y gasolina. Aurelio resopló, ridículo, bajo el sol endemoniado de las doce.

Jairo Domínguez presumía de conocer todos los pueblos de la sierra. De los veinticinco hasta entonces fundados, él decía haber vivido en veinticuatro. Los había recorrido, uno por uno, tocando el acordeón que su abuelo alemán le dejó como única herencia y con el que se presentaba en cuanta fiesta o velorio se convocara desde Sangre de Cristo hacia el sur.

Lo que la providencia no le había dado a Jairo de rico se lo compensó con el oído y la labia. Era alto y catirrucio, un mestizo de cabello claro. Tenía los ojos verdes y grandes, dos luceros encajados como esmeraldas en un rostro de piel canela. Le gustaba beber y se sabía todas las canciones de la montaña, también las de costa. Allá adonde iba improvisaba corridos, joropos y cumbias, letrillas en las que glosaba infidelidades, amancebamientos y cuanto trapo sucio encontrara. Ni siquiera Abundio se salvaba del humor negro de sus versos. Lo llamaba «el empistolao». Al viejo le gustaba el mote, por eso nunca mandó a pegarle dos tiros a aquel desgraciado.

Según Jairo confiaba a propios y a ajenos, el padre de su padre había llegado a la sierra occidental desde Berlín huyendo de una guerra de la que nadie había oído hablar jamás. A ninguno en Mezquite le cuadraba aquella historia. «¿Jairo, alemán?

¡Pero si su nombre era más criollo que el yute y su piel más cobriza que el barro!»

Que le creyeran o no le daba igual. A él solo le importaban sus canciones. Todos en Mezquite las conocían, no porque les gustara su música, sino para descifrar si algún acontecimiento de sus vidas aparecía descrito en ellas.

Los hombres y las mujeres del pueblo lo esperaban en la taberna del mercado regentada por un libanés flaco y pálido, que servía cafés y licor al otro lado de una barra estrecha. Era una cantina renegrida a la que acudía el coplero para comer bizcochos remojados en ponche, un brebaje hecho con café, azúcar, canela y aguardiente. Los interesados en la vida ajena lo invitaban a lo que estuviese bebiendo, un mecenazgo de los despechados y los cobardes.

Lo conocí al poco tiempo de llegar a Mezquite, en el primer velorio al que me llevó Visitación. Al día siguiente, cuando todos se hubiesen despedido, enterraríamos al difunto en Las Tolvaneras.

Jairo se presentó en la casa de la viuda con una tinaja de agua.

—Tome, mujer..., ¡para que el muerto no llegue al otro lado con la boca seca!

Acercó el botellón al ataúd, que la familia había colocado de pie junto al portal de una casa construida con bloques de ventilación. Dentro de la urna yacía el cuerpo de un hombre vestido con un traje lleno de zurcidos y la cabeza envuelta en un paño. Lo habían desfigurado a machetazos.

—Esto lo hago porque sos mi comadre —dijo Visitación a la viuda, que la abrazó entre sollozos.

—Sos una santa, negra. ¡Una santa!

—¡Soltá, mujer! —gruñó Visitación, molesta—. Estos velorios con música y parranda no me gustan, siempre acaban mal.

Y así era. Normalmente, a machetazos.

—Tu marido era un buen hombre, Ramona, pero la bebida lo llevó derechito a la tumba. —Frunció el ceño, grave—. ¡Hacé el favor y mantené a raya a todos estos!

La viuda se hundió aún más en sus sollozos, ajena a los consejos de Visitación, que se giró para darme instrucciones.

—Siempre conmigo y no probés nada de licor.

La negra se sentó junto a la puerta de la casa y esperó, sin abrir la boca, hasta que empezara el primer misterio del rosario.

El calor apretaba y el sol abrasaba la piel de los convidados: hombres y mujeres atraídos más por el hambre que por la pena. En los velorios de los pueblos de la sierra occidental se ofrecía hervido de gallina, yuca cocida y alcohol en abundancia. A veces, los amigos del muerto, también los tenderos, donaban pescado salado o carne seca. Lo hacían por compasión o remordimiento.

Las hermanas del difunto dirigieron el santo y seña de los rezos. Después de completar los cinco misterios del rosario, desgranaron las letanías a las que los convidados respondían con sus rogaciones mecánicas:

Santa María,
ruega por nosotros.
Santa Madre de Dios,
ruega por nosotros.
Santa Virgen de las Vírgenes,
ruega por nosotros.
Madre de Cristo,
ruega por nosotros.
Madre de la Iglesia,
ruega por nosotros.

Madre de la divina gracia,
ruega por nosotros.
Madre purísima,
ruega por nosotros.
Madre castísima,
ruega por nosotros...

Junto al patio, tres niños perseguían una iguana que había caído desde lo alto de un árbol. Yo misma la vi. Su cuerpo al golpear el suelo sonó como el de una roca envuelta en caucho. Los muchachitos fueron más rápidos que ella y se abalanzaron, jalonándola. Después de amarrar las patas con pabilo, se agazaparon en el cobertizo.

La pincharon con la rama, varias veces. El animal se retorcía, nervioso. Le espolearon el vientre escamado y peinaron su cresta, de arriba abajo, con unos palos finos que sonaban como floretes al azotarlos contra el aire. Uno de los niños quiso atravesar la barriga de la iguana de un pinchazo, pero el mayor lo apartó de un empujón y lo derribó al suelo.

—¡Quieto ahí! ¡Yo la vi primero! —desafió al resto.

Sujetándola con las dos manos como si fuera una espada, enterró una vara larga en un ojo del animal, luego en el otro. Los taladró sin prisa, hasta vaciarlos. Los bachacos, alborotados por la sangre, rodearon el cuerpo del animal mientras las mujeres seguían rezando en el zaguán.

Madre siempre virgen,
ruega por nosotros.
Madre inmaculada,
ruega por nosotros.
Madre amable,

ruega por nosotros.
Madre admirable,
ruega por nosotros.
Madre del buen consejo,
ruega por nosotros.
Madre del Creador,
ruega por nosotros.
Madre del Salvador,
ruega por nosotros...

El muchacho cogió la iguana ciega por la cabeza y la zarandeó en el aire. Era suya, de él había sido la idea de derribarla a pedradas y atarla después. Podía hacer con ella lo que quisiera y así lo demostró al clavarle varios cardos en la tripa y apretar las púas con la punta del zapato.

El resto intentó arrancársela. No era justo, ellos también querían, pero el mayor se defendió dando patadas y azotándola contra el suelo como si de una zapatilla se tratara. «¡Es mía! ¡Es mía!»

Virgen prudentísima,
ruega por nosotros.
Vaso de insigne devoción,
ruega por nosotros.
Rosa mística,
ruega por nosotros.
Torre de David,
ruega por nosotros.
Casa de oro,
ruega por nosotros.
Arca de la Alianza,
ruega por nosotros...

Me acerqué sin hacerme notar para entender lo que se decían. Lo que quedaba de la iguana se removía con espasmos de agonía. El niño la cogió con violencia y la apretó como a un limón. Cuanta más presión hacía, más se agitaba, desesperada por el viacrucis y los pinchazos. Todos querían participar. Ellos también habían colaborado, tenían derecho, pero se limitaron a mirar. Ninguno se atrevía a llevar la contraria al líder. Lo odiaron por eso, aunque el enfado lo traían de antes y quizá nunca se lo quitarían del todo, hasta que pudieran matar su propia iguana ellos también.

Puerta del Cielo,
ruega por nosotros.
Estrella de la mañana,
ruega por nosotros.
Salud de los enfermos,
ruega por nosotros.
Refugio de los pecadores,
ruega por nosotros.
Consoladora de los afligidos,
ruega por nosotros.
Auxilio de los cristianos
ruega por nosotros...

El animal dejó de mover las patas. Triunfante, el niño enseñó el cuerpo de la iguana y lo arrojó a los pies de los derrotados. Se dio la vuelta y trepó al árbol de mango desde donde vigilaba el patio. Lo custodiaba el vuelo de los zamuros, que dejaban caer sus plumas negras sobre la arena. Volví a los rezos en la casa; detrás de mí caminaban los otros chiquillos, humillados y apeados de su derecho a matar, rumiando su rabia y su deshonra.

Cuando acabó el novenario, los hombres se levantaron de las hamacas donde habían dormido y se reunieron para jugar dominó. Las hermanas del muerto destaparon la tinaja de agua junto a la urna. Entonces el coplero hizo sonar su acordeón. Tocó y recitó de corrido varias canciones. Algunas se las inventaba y otras se las pedían. Acababa una y comenzaba la siguiente. Entre canción y canción bebía buches de caña blanca.

Retirados en una mesa junto a un árbol, los jugadores aporreaban las fichas e improvisaban frases en verso para glosar sus propias jugadas. «¡Tengo la cochina, chúpate esa!», «¡Tigre no come tigre!», «¡Trancao!», gritaban los vencedores para finiquitar la partida. Entonces daban vuelta a las piezas, las removían con las dos manos y volvían a comenzar.

Los mirones daban largos tragos a sus botellas mientras recogían el dinero de las apuestas. Los que al comienzo bebían después lloraban, y viceversa. Otros empinaban e improvisaban justas que el coplero acompañaba con el acordeón y dos maracas hechas con taparas. Apartadas del resto, junto a la urna, un grupo de rezanderas escuchaba a Visitación dar cuenta del Antiguo Testamento.

—«Clama a mí, y yo te responderé y te revelaré cosas grandes e inaccesibles, que tú no conoces.» Eso dice el versículo tres del profeta —leyó, con tono grave y dramático.

Las mujeres la miraron, santiguándose.

—¡Sea juiciosa, Ramona!, ¡y escuche bien a los elegidos…! Aprenda de Jeremías, que bebió del cáliz del dolor —remató, con las manos en alto.

A nuestro alrededor, la noche se consumía entre botellas de aguardiente, coplas y algún que otro empujón entre los que habían bebido de más. Faltando poco para el amanecer, la viuda se arrodilló ante la urna y, mostrando las palmas de las manos hacia el cielo, alzó la voz y despertó a todos con sus gritos.

—¡Se ha bebido toda el agua, Jairo! ¡Se la ha bebido! ¡Ya se puede ir!

El coplero no hizo caso a la mujer, tampoco a la multitud, que se agolpaba junto a la tinaja vacía hasta formar un corrillo de gorrones y curiosos. Si después de una noche entera el calor había evaporado el agua, el aguardiente había hecho lo mismo con las entendederas de todos, a esas horas exhaustos de tanto llanto y baile juntos.

—¡El muerto se va! ¡El muerto se va! —repetían.

—¡Una canción más, Jairo! ¡Una más para despedirlo! —gritaban, reunidos en círculo junto a la caja de madera.

Los habitantes de Mezquite habían decidido creer en sus milagros desesperados. Qué más daba la fe en una cosa u otra si podían embriagarse no por la pena de la muerte, sino por el alivio de seguir vivos. Jairo cogió una botella de aguardiente, dio un trago y escupió al suelo. Luego roció el alcohol restante hasta formar una cruz sobre la arena.

Visitación y yo permanecimos de pie, sosteniendo nuestras sogas y palas, listas para llevarnos al difunto. Mirábamos a Jairo dirigir la fiesta. Entonces sentí que una campana de vidrio se levantaba sobre nosotras.

Volví a ver a Jairo en el mercado de Cucaña. De pie entre los puestos de pan y pescado, cantaba la historia de una mujer a la que el viento había convertido en sal:

> *Todo el mundo la mienta,*
> *va de luto, porque lleva una pena que revienta.*
> *La misia cruzó la sierra sin blanca,*
> *y con una pena que casi la desbarranca.*
> *A los perros del empistolao los corrió con unos versos,*
> *y desterrada del mundo de los vivos,*
> *se quedó a vivir entre los muertos.*

Cuando me asomé para escucharlo mejor, Jairo detuvo la música, me saludó quitándose la gorra de tela roja y siguió tocando su acordeón:

> *Venía de Sangre de Cristo*
> *y acabó en Las Tolvaneras.*
> *Yo, que no me despisto,*
> *si canto que en Mezquite la he visto,*
> *es, por la pura verdad, que tanto insisto.*

Ninguno de los que por ahí pasaba reparó en mí, pero igual sentí apuro y vergüenza. Eché a andar, a toda prisa, entre mostradores repletos de gallinas degolladas y peces cubiertos de hielo sobre bandejas de metal.

Fui a la cooperativa a recoger gasolina y el agua potable para la semana. Crucé junto a la zona de tráileres, buscando a la niña que me había dado el teléfono de Visitación. No la encontré. Todas las de su edad se parecían: sus cuerpos eran un estropicio de huesos. Pasaban más hambre que los niños y las madres juntos. Daba pena verlas buscarse la vida, hambreadas y pelonas.

—¿Cuántos bidones le quedan por cargar? —Cuando me di la vuelta, encontré a Jairo. Llevaba aún el acordeón sobre el pecho—. ¿Va a Las Tolvaneras?

Asentí.

—Yo voy cerquita. Si me acerca, le descargo la gasolina.

—Otro día, Jairo.

El despachador de la cooperativa me ayudó a mover los bidones con una carretilla y los guardó en la parte de atrás de la camioneta.

—¿Una copita? —insistió el coplero.

—No bebo.

—Pero yo sí.

—Tampoco tengo para pagar.

—La invito. —Rio, haciendo sonar su acordeón—. ¡Hágame caso! Todo el día trajinando, cargando sacos... ¡Dele una alegría al cuerpo!

Entramos en una taguara. Jairo eligió la última mesa.

—Mejor en la barra, tengo prisa.

Desde ahí podía ver todo lo que ocurría alrededor.

—Mire que usted es rara —rezongó él.

La primera tanda de camioneros había abandonado el mercado y las mujeres hacían fila para limpiarse y repartirse el dinero en los baños públicos. Eran más que la vez anterior.

—¿Qué mira? —preguntó él.

—Eso a usted no le importa.

—¡Ah, ya sé! ¡Es que hay mucha paisana suya por aquí!

—Ujum —asentí.

—Todas son prostitutas.

—Mejor me voy, tengo mucho que hacer...

—¡Espere, Angustias! —Me cogió del brazo—. ¡Está bien! ¡Me callo! No hablo de eso, ¡pero quédese un poco!

Volví a sentarme en la banqueta, por no armar demasiado lío.

—¡Negro, ponme una cerveza! —gritó—. Y a la señora..., ¿qué quiere, Angustias?

—Agua.

—¿Nada más?

—Quiero agua, Jairo.

—Pues eso, agua...

El despachador, un cuarterón con acento de costa, me miró y luego a Jairo, que carraspeó y le hizo un gesto para alejarlo.

—¿Le gustó la canción que le compuse?

—¿Cuál?

—La de la sal...

—¿Era para mí?

—¿Y para quién más?

Fuera, los vendedores trajinaban frutas, hortalizas, pescado y lomos de reses que teñían los delantales de los carniceros... Aún no apretaba el calor, pero había bochorno. La frente de Jairo estaba empapada. Su cuerpo desprendía un olor agrio a sudor y aguardiente. De cerca me pareció más joven de lo que aparentaba.

—¿No está ya mayorcito para andar cantando de un lado a otro? ¿Su mamá no lo enseñó a trabajar?

—Mi mamá está muerta —contestó.

—Perdone, tampoco quise ofender.

—No se apure, fue hace ya mucho.

—Pero ¿usted vive de esto?

Me miró, sorprendido.

—¿De qué?

—De inventarse canciones.

—No las invento, las compongo. Y sí, vivo de esto. Me llaman de este pueblo, de aquel. Voy, canto y me pagan. Un buen día y hasta me llaman del extranjero. O alguien sube un vídeo mío a internet y me vuelvo famoso.

El encargado sirvió la cerveza y un vaso de agua.

—¡Gracias, negro! —Jairo limpió el pico de la botella con la palma de la mano y bebió a morro.

—Y lo de que su abuelo era alemán, ¿es verdad?

—Esas eran cosas que contaba mi mamá. De tanto repetirlas, la gente se las creyó.

—Y su papá ¿qué piensa de que usted ande por ahí ganándose la vida con un acordeón?

—Yo a ese hombre no lo conozco. Abandonó a mi mamá antes de que yo naciera. —Dio otro trago—. ¿No prueba el agua, Angustias?

Bebí sin sed, por rellenar el tiempo.

—¿Está casada?

Asentí.

—Y su marido...

—Está enfermo ahora.

—¿Y usted no lo cuida?

—Que se cuide él, yo tengo que trabajar. —Miré el reloj—. Gracias por el agua.

—Oiga, no se vaya así...

Me abrí paso hasta la camioneta. Las mujeres revoloteaban ociosas entre los tráileres. A esa hora apenas tenían clientela. Entonces volvían a pintarse los labios y atusarse el pelo trasquilado a la espera de uno o dos camioneros que salvaran el día.

Subí a la cabina y ajusté los retrovisores. Antes de partir, vi a Jairo en una de las lunas. Saludaba con la mano, desde la puerta del bar. Su piel brillaba bajo el sol, como una tinaja.

Visitación dejó el motor en marcha y caminó hacia el galpón de las herramientas. Salió de ahí con varios mecates y el hacha que usábamos para cortar la madera de los ataúdes.

—¿Adónde va? —pregunté, con la pala en la mano.

—A Cuchillo Blanco.

—Voy con usted.

—Esto es cosa seria, Angustias.

—¿Y usted me ve riéndome?

La negra alzó los hombros.

—¡Apurate! —gritó.

Setenta kilómetros separaban Las Tolvaneras de Cuchillo Blanco, el más antiguo de los caseríos cercanos a los bancales de caña y tabaco de la sierra oriental. Lo llamaban así porque todas las fiestas acababan a puñaladas; también por su aguardiente, el más puro de toda la región. Un vasito bastaba para incendiar las cabezas de un regimiento. Los tenderos lo despachaban en pequeñas botellas de vidrio escondidas en bolsas de papel marrón.

Casi todos los habitantes de Cuchillo Blanco eran mujeres, en su mayoría prensadoras de tabaco, una industria que con el tiempo fue a menos, pero que aún daba trabajo. Varias generaciones de ellas se hicieron viejas arrodilladas ante una columna de hojas secas mientras sus hijos y esposos echaban el día cortando caña con el machete. Incluso hasta las que trabajaban en las ciudades de la frontera volvían en los días de libranza para recoger la caña y prensar el tabaco con el que habían alimentado a sus familias.

Así transcurrió la vida hasta que Abundio compró las plantaciones. Bajo su mando, la explotación cayó. Los peones dejaron de trabajar como jornaleros y pasaron a sicarios o recaderos. Y a veces ni eso. Las que hasta entonces habían sido madres y abuelas siguieron chamuscándose los nudillos y las yemas de los dedos para llevar dinero a casa. Sus hijas y nietas no corrieron mejor suerte: acababan trabajando cerca de la frontera vendiendo mercancías de contrabando y exigiendo el peaje a los camioneros que cruzaban el puente de la Nacional.

Los varones que resistieron a todas las reyertas y borracheras de Cuchillo Blanco bebían en las puertas de las casas, unas construcciones recubiertas por una piel sarnosa, hecha de azulejos ausentes y ventanas rotas. Parecían veteranos de una guerra invisible. Cualquiera podía reconocerlos: les faltaba una oreja, la nariz o alguna extremidad y olían a sudor y alcohol. Si sobrevivieron, fue para pagar sus culpas en esta tierra.

Los más jóvenes iban de un lado a otro subidos a unos camiones con la música a todo volumen. Pasaban más tiempo en las galleras que buscando trabajo. La droga les daba para vivir y con eso bastaba.

En el número tres de la calle Ezequiel se alzaba el esqueleto de un edificio que alguna vez tuvo estuco en los balcones y plantas en los jardines. Las ventanas del casón estaban selladas con tablones. A las puertas —de madera reseca y cuarteada— les faltaban las cerraduras, y algunas estaban marcadas con las equis negras que los irregulares pintaban sobre las paredes para dejar constancia de su paso por los pueblos.

Frente al portal nos esperaban varios vecinos.

—¡Menos mal que llegás! La casa del francés huele a muerto y hace días que ese hombre no sale de ahí. —La anciana de piel cobriza y cabello negro no paraba de santiguarse.

Visitación sacó un pañuelo que llevaba prendido de la cintura, se cubrió la nariz y ató las puntas detrás de la cabeza. Después cogió el hacha y las sogas mientras yo empujaba la carretilla con las dos manos. Subimos unas escaleras de madera sin pasamanos. Olía a podrido y hacía un calor de infierno.

—Es aquí. —Visitación se plantó ante una puerta de madera.

Cogió el hacha y asestó un golpe, pero apenas saltaron unas astillas. Levantó otra vez los brazos y volvió a golpear, dos veces más, hasta derribarla. Colgado del techo, el cuerpo de un hombre se balanceaba como el badajo de una campana mientras una nube de moscas brillantes revoloteaba alrededor de su rostro y las larvas le devoraban los ojos. A sus pies, una colonia de gusanos blancos se arrastraba como una crema viva y repugnante.

—¡Ay, francés, mi rey!

Visitación avanzó hasta el interior del salón sin muebles y examinó el cuerpo unos minutos. Una erección abultaba la braguета y la lengua violácea salía de la boca como un grito seco. El hombre estaba tieso como una estaca. Me acerqué para ayudarla, pero ella me apartó dando voces.

—¡Nora, suba! —ordenó a la vecina.

La mujer gritó, desde la planta baja. No pude distinguir lo que decía.

—¡Suba, vieja cobarde! —rezongó Visitación—. ¡Me manda a llamar y luego no ayuda! ¡Venga acá!

En el umbral de la puerta apareció la anciana, que caminaba arrastrando los pies sin parar de hacer la señal de la cruz.

—No me hagás entrar ahí, Visitación. ¡Eso es obra del demonio...!

El hombre aún seguía su trayectoria de péndulo, como un signo de exclamación colgado del techo.

En Cuchillo Blanco conocían a Jacques Thierry como «el francés», un misionero que llegó al pueblo acompañado de Lidia, una muchacha alta y morena, de piernas macizas y cintura gruesa. Él, que frisaba en los cincuenta, era rubio y blanco. El pueblo entero se hizo el crédulo con la historia de que eran familia, aunque a sus espaldas comenzaron a contar versiones más interesantes.

El francés había conocido a Lidia en una cárcel de Suiza donde ella cumplía pena por tráfico de drogas. La atraparon con el estómago lleno de dediles de cocaína luego de interceptarla en un vuelo que aterrizó desde Amsterdam. Jacques la visitó el tiempo que duró su condena, y cuando ella recibió la orden de libertad, la llevó a trabajar a una granja en el campo.

Lidia, que había nacido en un pueblo hambreado de la sierra occidental, no se hallaba en aquel lugar frío y aburrido. Quería volver a ver a su mamá y a sus hermanas, aunque ellas hubieran decidido darla por muerta después del lío en el aeropuerto, que se publicó en todos los periódicos. Convenció al francés para empacar sus cuatro cosas y cruzar el mar. Quién sabe si, con suerte, a él terminaba gustándole aquel caserío del que ella había salido engañada por un sinvergüenza que la dejó tirada con la droga y ni siquiera le pagó un abogado.

Llegaron al pueblo con cuatro maletas. Encontraron la casa familiar desierta y desvalijada. No había un alma en las calles y los comercios clausurados se caían a trozos. Los irregulares fueron más rápidos que Lidia. Se lo habían llevado todo. Tampoco quedó rastro de sus padres ni sus hermanas. La tierra se los había tragado. Esperaron en una parada, se subieron al primer autobús que pasó y decidieron bajar en Cuchillo Blanco.

El francés se enamoró de la sierra. De sus noches heladas y sus tardes secas. De ese sol apretado como una naranja ácida y del viento caliente que despellejaba los labios. No sabía de qué vivirían, pero le propuso a Lidia comenzar de nuevo ahí. Montó una casa vecinal en la que impartía cuidados médicos básicos, leía los evangelios y enseñaba a leer y escribir. Lidia comenzó a hacer viajes en un camión Tres Cincuenta que compraron por cuotas con un crédito de la caja rural. Ella hacía mudanzas y transportaba mercancías hasta el mercado de Cucaña. Volvía con poca cosa, el resto de lo que vendía para sacarse un dinero. Él atendía a los del pueblo sin cobrar, pero los vecinos devolvían los favores llevándoles huevos, café y las hortalizas que cultivaban en sus conucos.

Las cosas fueron bien durante tres años, hasta que los irregulares interceptaron a Lidia en una alcabala. Ella se negó a entregar las llaves del camión. La arrancaron del volante a culatazos, pero ni así quería dejárselas. Después de prenderle fuego a la carga, la secuestraron. Si el francés quería volver a verla, tendría que pagar en efectivo una cantidad de dinero exorbitada que ellos no habrían conseguido reunir en diez años.

Le dieron de plazo dos semanas para reunir la suma.

El francés lo vendió todo: el maletín de equipos médicos, los muebles, el reloj y hasta la cocina, pero no alcanzaba. Enloquecido, fue hasta Las Tolvaneras a pedir ayuda a Visitación.

Con los buenos oficios de la negra y la compasión de algunos vecinos, consiguieron una parte del dinero. Cuando acudieron a entregarlo en el lugar indicado, los guerrilleros se negaron. Faltaba la mitad.

—¡O la plata completa o nada! —gritó un hombre vestido con uniforme de campaña.

A la mañana siguiente, un grupo de niños encontró el cuerpo de Lidia flotando boca abajo en la orilla del Cumboto. Advertida por los jornaleros, y después de que interviniera la policía, Visitación recogió el cuerpo y dio la noticia a Jacques. A partir de ese día, él dejó de salir a la calle, selló las ventanas con tablones arrancados del techo y se encerró a beber. Si el mundo seguía girando allá fuera era solo para recordarle que en él no veía a Lidia nunca más.

—Se ahorcó... de pena. —Visitación pasó la mano por su frente y suspiró—. Que Dios te cuide, francés.

Los forenses tardaron tres horas en aparecer. Eran dos hombretones con aliento a caña blanca. Atravesaron el umbral de la puerta acompañados por un funcionario de la policía, midieron el cuerpo e hicieron algunas fotos mientras el agente tomaba declaración a la anciana, la de la señal de la cruz. Tras descolgarlo del techo, lo cubrieron con una sábana y lo empujaron como a un escombro sobre una camilla de metal.

La morgue de Cuchillo Blanco ocupaba tres plantas de un edificio de hormigón rodeado de puestos de fritanga y caravanas fúnebres. Las aparcaban junto a los basureros y las patrullas de la policía judicial. Los vendedores ambulantes entraban y salían sin que nadie los controlara, y algunos hasta vendían refrescos en los pasillos.

En la planta baja, hacinados en una sala sin ventanas, una decena de hombres y mujeres esperaban turno para recoger los cuerpos de sus familiares. Los había sorprendido la crecida del Cumboto mientras cruzaban las trochas ilegales. Solo se salvaron los que sabían nadar. Los faenadores que recorrían la zona buscando pavones y truchas avisaron a la policía. Los cuerpos hinchados se habían ensartado en sus redes. Y aunque las lanchas patrulleras recorrieron el río hasta la desembocadura, muchos cadáveres desaparecieron empujados por la fuerza de la corriente.

Ajenos a la tragedia, o acaso metidos hasta el cuello en ella, un grupo de niños había montado un alboroto. Discutían empujándose y tirándose de la ropa. Una chica algo mayor los separó, pero apenas le hicieron caso. La madre y el padre de los críos, rotos de cansancio, dormían abrazados a sus mochilas.

—¡Como sigas así, te voy a denunciar con tu mamá! —gritó ella.

—No se dice denunciar, bruta. Se dice acusar.

—¡Estate quieto! ¡Pórtate bien! —Intentó cogerlo por un brazo, pero el otro se zafó.

—¡No te van a escuchar! ¡Están durmiendo porque se murió mi tío!

—Da igual, cuando se despierten les cuento todo lo que has hecho.

—¡No eres mi mamá y tú a mí no me mandas! ¡Mi tío se ahogó por tu culpa!

—¡Cállate ya!

—¡Pelona, pelona! ¡Eres una pelona! —insistió el mocoso.

Me acerqué para distinguir el rostro de la chica. ¡Era ella, la de Cucaña! Parecía igual de mandona, aunque cansada y con el gesto roto. Había perdido peso y llevaba el pelo corto, con trasquilones en la nuca y el flequillo. Vestía unos bermudas desteñidos y una camiseta blanca.

—Aprende a respetar y deja de gritar. No se habla de los muertos —reprendió ella al niño.

—Yo hablo de quien me dé la gana. ¡A mí no me mandas, percusia!

Lo cogió del brazo y lo zarandeó, pero el crío la emprendió a puñetazos contra su barriga.

—Cuando se despierten mis papás les voy a decir que eres una cochina. Por tu culpa se ahogó el tío, porque a él solo le gustaba estar contigo y meterte las manos debajo de la franela. ¡Yo los vi! ¡Morcillera, siempre con la ropa apretada! ¡Lo dice mi papá!

La chica se dio la vuelta, caminó con los brazos caídos y se sentó en una silla plástica al otro lado de la sala de espera. Yo tenía en el bolsillo un perolito que había comprado esa mañana para adornar la tumba de los niños. Era un pájaro de arcilla, de esos que, al llenarlos con agua y soplar, emiten un trino idéntico al de los pájaros. Me acerqué hasta ella.

—No le hagas caso.

Ella levantó la mirada. Tenía los párpados hinchados y dos chapas de rubor en las mejillas.

—Sopla. —Extendí el silbato.

Cogió la figurita, desconfiada, pegó los labios y exhaló con fuerza hasta arrancar un canto sin pájaro. Me miró, maravillada. Y volvió a soplar.

—¿Me lo prestas?

—Te lo regalo.

Sus ojos redondos se clavaron en los míos.

—No volví a verte por Cucaña. ¿Adónde fuiste?

—¿Conseguiste a Visitación? —preguntó con el silbato entre las manos.

Asentí.

—Guárdalo. Cuando estés molesta o triste, sóplalo.

Miró el pájaro de barro sin decir nada más.

—¡Consuelo, ven acá! —gritaron desde el pasillo.

—Qué bonito nombre. Nunca me lo dijiste...

—Yo sí me sé el tuyo. Te llamas Angustias.

Volvieron a llamarla.

—Te reclama tu familia.

—Esa gente no es mi familia —contestó, molesta.

—Estás ya mayor para esto, pero es lo único que tengo. —Señalé el silbato—. Si lo cuidas, él cuidará de ti.

No parecía demasiado convencida.

—¿Este pájaro también se va a morir?

—Si le haces un nido con papel de periódico, no.

—¿Seguro?

—Te lo prometo.

No paramos ni para reponer combustible. La luz se extinguía a nuestro paso, como si una cremallera cerrara el cielo exprimiéndolo hasta extraer el último rayo de sol. Visitación abrió la guantera y sacó un tabaco pequeño envuelto en celofán. Rasgó el plástico con los dientes, encajó el puro entre los labios y lo encendió con el mechero del salpicadero. Dio una calada, expulsó tres anillos de humo blanco y me ofreció.

Probé. Me dio un ataque de tos.

—¡No sabés fumaaaaaaaaaaar!

Reímos mientras la ranchera avanzaba hacia Las Tolvaneras.

—¿Cuánto tiempo lleva haciendo esto?

—¿Fumar?

—No, sepultando.

—¡Toda la vida! Con siete años, yo ya veía enterrar. Mi viejo llegaba a las cinco de la mañana al cementerio y pasaba todo el día allá. Comencé llevándole las viandas de arroz con pollo y el agua. Como tenía que esperar a que terminara de comer, ayudaba en una morgue pequeña que estaba al lado. Limpiaba el instrumental, hacía el aseo, barría, fregaba. Los forenses me explicaban para qué servía cada cosa.

Inclinó el cuerpo sobre el volante, como si estuviera dando un discurso. Le devolví el tabaco y me arrellané en el asiento. La noche se puso fría y la brisa alborotaba a su paso el olor del mastranto, una planta que brotaba al pie de las ciénagas y los moriches.

—A los quince años hice mi primera necropsia. —Visitación hablaba con términos extraños para darse importancia—. Aquella vez me metieron una pela de esas mandadas a guardá. —Soltó una carcajada—. La necesidad precipitó las cosas. No había casi forenses y, aunque joven, yo era bien dispuesta.

Dio un volantazo para esquivar un chivo en uno de los tramos de la carretera y siguió.

—Me tocó hacer la autopsia a un hombre que habían matado a machetazos en una pelea en Cocito, pero alguien le fue a mi mamá con el cuento: «Allá está la hija tuya, rajando a un muerto». —Imitó el tono maledicente de las vecinas.

Subí la ventanilla y miré los cerros, preguntándome dónde estaría Salveiro o si habría muerto en alguna de esas trochas.

—Mi vieja se acercó hasta el cementerio y esperó. —Volví de golpe a la conversación, ya no sabía muy bien de qué hablaba Visitación—. Cuando salí, todavía con el tapabocas puesto, se armó la grande. «¡Ay, desgraciada! ¡Dónde estás metida! A la hora que llegues a la casa, te jodo.» Al volver a casa me partió un palo de escoba en la cabeza. —Sacó del bolsillo un pañuelo y se limpió la frente—. No lo hizo por mal, solo tenía miedo de que me contagiara con alguna enfermedad. —Dio otra calada al tabaco, que alumbraba la oscuridad con un círculo rojo—. El día que mi mamá murió, yo misma la abrí sin echar ni una lágrima... «Mamá, si tú pariste a esta mujer y me hiciste así de fuerte, ¿por qué tengo que valerme de otros para que te den lo que yo sé? ¿Por qué tengo que permitir que otro te ponga bonita?» —Aspiró el cigarro y continuó—: No quería que nadie se acercara al féretro de ella diciendo que le habían dejado un ala de la nariz más abierta que la otra. «Y el vestido que vas a llevar lo voy a confeccionar encima de tu cuerpo.» Eso le decía en vida, entonces me respondía: «Estás loca. Yo solo quiero que Dios me dé el poder de seguir viéndote después de muerta. Acabarás en el manicomio». —Visitación soltó una risa estruendosa—. ¡Yo fui la primera mujer en Mezquite en ser asistente forense! ¡Si hasta me mandaron a la capital a estudiar! Entonces la gente era ignorante e inventaban cuentos raros. Decían que las embarazadas no podían tocar muertos, pero tengo una hija que no nació en la morgue por minutos. ¡Yo comenzaba el año pariendo y terminaba preñada!

—¿Cuántos hijos tiene?

—¡Cuatro! Dos mujeres, pero se fueron del pueblo. Hicieron bien. Esta tierra solo les dejará amarguras. También dos varones, pero murieron. Uno por un lío de drogas y el otro por enredarse con una mujer casada.

—¿Y su marido?

—Después de veintisiete años, me echó en cara que yo quería más a los muertos que a él. «Si me vas a poner a escoger entre tú y mis muertos...», le dije, «me quedo con los muertos, papá, porque lo que me das tú me lo da cualquiera». Se parecía al tuyo, al mudito. Era un medio hombre.

Que fuera verdad o no lo que contaba era lo de menos. Visitación pronunciaba cada palabra como si estuviese escrita en una tablilla, y con eso bastaba. Su biografía parecía un padrenuestro, una verdad sin explicaciones.

—No me hace falta marido. ¡A mí me quiere todo el mundo! ¡Ya Visitación es más conocida que la Virgen María!

No le faltaba razón. Cuando viajábamos a los pueblos de la región, la gente la buscaba, llamándola por su nombre de pila. Le pedían consuelo y ayuda para enterrar a los suyos. Ella los escuchaba con atención.

—Yo esculpo cualquier rostro. Cuando empecé, acomodaba a los desfigurados por las minas quiebrapatas. Los irregulares todavía las usan. Tardaba hasta ocho y diez horas para preparar un cadáver, pero me jubilaron. Así que me metí en Las Tolvaneras y monté mi propio camposanto. Tuve, al fin, la libertad para hacer con mis muertos lo que yo quisiera: los limpiaba y vestía.

—Si está jubilada, ¿cómo consiguió el permiso?

—Yo no necesito papeles. Con la venia de Dios me basta.

Dio una última calada al tabaco y arrojó el resto por la ventanilla. Vi cómo el muñón se alejaba y ardía al contacto con el viento hasta desaparecer por completo en medio de la noche.

El día en que se cumplió el primer aniversario de la muerte de mis hijos me levanté pronto. Hice café y recogí flores sueltas para adornar su nicho. Cuando fui a colocarlas, encontré dos jaguares tallados en madera, uno para cada niño. Las figuras estaban hechas con ramas repujadas con un punzón. Revisé uno por uno los otros sepulcros, pero no encontré nada más. Alguien los había colocado ahí solo para ellos.

Visitación tocó el claxon, varias veces.

—¡Angustias! ¿Venís o no?

—¡Espere!

—¡Espabilá, mujer!

Cogí los jaguares y subí a la camioneta a toda prisa. Debíamos llegar al penal de Puerta Grande antes de las ocho.

Una vez al mes, Visitación Salazar acudía a una cárcel a doscientos kilómetros de Mezquite, la única con capacidad para alojar a los prisioneros de la sierra oriental y occidental; también a los que esperaban ser deportados al otro lado de la frontera. La prisión estaba dividida en un ala norte, destinada a los hombres, y un ala sur, una pocilga donde hacinaban a medio centenar de reclusas. Allí Visitación las instruía en la lectura de la Biblia, una actividad que tuvo el visto bueno de las autoridades, porque no involucraba herramientas ni exigía vigilancia adicional.

Solo podían optar al taller las reclusas que hubiesen acreditado buena conducta para aplicar a la condicional o las que cumplían penas menores. Enseñando a aquellas mujeres, Visitación las protegía no solo de la pobreza que encontrarían al salir de la cárcel, sino también de la soledad que ya padecían entre esos muros del penal. Si los muertos a los que sepultábamos tenían una tierra donde descansar, ellas ni eso.

A diferencia de los hombres del ala norte, que podían recibir a sus esposas, amantes o hijos, a ellas no las visitaba nadie. Ni sus madres, si las tenían. Tampoco maridos, hijos o hermanos. Las habían borrado de sus vidas, nada querían saber de ellas. Si alguna solicitaba una autorización para recibir visitas, tendría que esperar meses o acelerar el trámite acostándose con los guardias, hombres que coordinaban a las celadoras y violaban a las presas sin tomarse la molestia de chantajearlas antes.

En aquellas sesiones mensuales de dos horas, Visitación interpretaba las sagradas escrituras. Así decía ella, grandilocuente. Poco importaban los salmos o los versículos, en realidad intentaba enseñarles a leer. Con el tiempo, y tras varias gestiones, consiguió permiso para adiestrarlas en la talla del mezquite, una madera buena, aparte de para el carbón, para fabricar cruces y confeccionar tablones.

Casi siempre reproducían *La última cena* o versiones más o menos defectuosas de la Inmaculada y el Sagrado Corazón, que Visitación vendía en Cucaña. Con el dinero que conseguía compraba pan sobado, compresas y paquetes de cigarrillos; también periódicos, cuadernos y lápices. En la garita, las celadoras decomisaban los cigarrillos y las toallas sanitarias para usarlas ellas.

Solo algunas reclusas reunían las condiciones para participar. Visitación las conocía a todas: Marcela, que ya había completado el sexto año de condena por homicidio —mató a su pareja cuando él intentó asesinarla con un bate—. Luego estaban Sonia, apresada por menudeo, robo y tráfico de drogas; Lorca, una mujer a la que su exmarido denunció por abandono de hogar, y Marta, que había llegado al penal hacía poco y se incorporó justo el día de mi primera visita.

—Zacarías, capítulo siete, versículo del nueve al diez. —Visitación se aclaró la garganta y leyó, en voz alta—: «Así habló Jehová de los ejércitos, diciendo: "Juzguen conforme a la verdad, hagan la misericordia y piedad cada cual con su hermano"».

Las mujeres, menguadas por el hambre y el cansancio, apenas hablaban.

Visitación carraspeó y rebuscó otro pasaje en su Biblia sobada y renegrida.

—¡Aquí está! ¡San Mateo! ¡Curación de los ciegos de Jericó! —Leyó, ceremoniosa—: «"Señor, Hijo de David, ¡ten misericordia de nosotros!" Deteniéndose, Jesús los llamó, y dijo: "¿Qué quieren que haga por ustedes?". Ellos le dijeron: "Señor, deseamos que nuestros ojos sean abiertos".».

Hizo una pausa dramática y continuó. Todas la miraban, perdidas en quién sabe cuál nube.

—¿Qué les dice este evangelio?

Se hizo un silencio total, hasta que una de las reclusas levantó la mano e hizo un resumen pobre de lo que ella les había leído.

—¡No, Lorca! ¡No es función, es unción!

Con aquellas palabras taladrándome la cabeza, me pregunté de qué servían esas visiones de un mesías que nunca bajaba a la tierra. Visitación les hacía preguntas sobre la palabra de Dios, esa manera ampulosa que empleaba para referirse a la Biblia.

—Marta —preguntó a la nueva—, ¿qué te parecen los ciegos de Jericó?

La mujer no contestó.

—Estamos aquí para escucharte.

—No me gusta hablar.

Cuando dejó de cubrirse una parte del rostro con la mano, la reconocí al instante. Mi primer impulso fue arrancarle otro mechón, pero me contuve.

—Hagamos una pausa de cinco minutos para ordenar y repartir las bolsas de este mes, que compartiremos con Marta —propuso Visitación.

Se dio la vuelta y me increpó, en voz baja.

—¿Qué te pasa? Cualquiera diría que has visto un fantasma. —Me miró con recelo—. Entregá a la nueva una de las bolsas. No preguntés ni digás nada. Dejá que sea yo quien hable.

Me acerqué con un atado de cigarrillos y medio bollo envueltos en una bolsa de plástico. Ella fue la última del grupo en recogerlo. Tenía las uñas sucias, olía a sudor y lucía más delgada, aunque conservaba los mismos ojos roedores, hundidos en su rostro de fantasma.

Visitación reanudó el taller con un pasaje sobre el arrepentimiento.

—Si Jesús, nuestro Señor, perdonó, les pido que piensen, y que se lo piensen muy bien: ¿a quiénes deben perdonar y quiénes deben perdonarlas a ustedes?

Cuando llegaron las celadoras para conducir a las reclusas de vuelta a sus celdas, Marta, si es así como realmente se llamaba, clavó en mí una mirada turbia y entristecida.

Me acerqué a ella, con la excusa de darle una estampa de la Virgen.

—Te robaste mis documentos y todo lo que tenía... —susurré—. Que el Dios en el que crees te perdone, porque yo no pienso hacerlo.

Se llevaron a las presas a empellones, sin darles tiempo a despedirse. Marta me miró en silencio y, como el resto, se marchó sin rechistar. Ya en la camioneta, justo antes de la troncal hacia Mezquite, Visitación me dejó las cosas muy claras.

—Es la primera y la última vez que te traigo aquí. Venimos a darles algo de paz a estas mujeres, no a asustarlas. Y vos hoy has introducido desconfianza. Será mejor que lo dejemos así.

Asentí, con la cabeza apoyada en el cristal de la ventanilla. Visitación cogió el encendedor del salpicadero y prendió fuego a uno de sus tabaquitos.

—Yo sigo hacia Mezquite, ¿te dejo en el cementerio o venís conmigo?

Estaba segura. Era ella. Jamás habría olvidado ese rostro.

—Angustias, m'hija, que si te dejo en Las Tolvaneras o me acompañás al pueblo.

Salí de mi ensueño.

—Me quedo en Las Tolvaneras, tengo trabajo pendiente.

Metí las manos en los bolsillos. Ahí seguían los jaguares.

Visitación recibió una llamada del penal Puerta Grande. Las celadoras habían encontrado el cuerpo sin vida de Marta Fernández Fernández. Su cabeza estaba envuelta en una bolsa plástica. La autopsia demostró que no se trataba de un homicidio: ella misma la había colocado así.

Buscaron familiares que pudieran hacerse cargo del cuerpo, pero solo consiguieron una hermana con discapacidad mental, internada en el psiquiátrico de Cucaña y a la que recién habían trasladado a un hospital al otro lado de la frontera. Hacía ya seis meses que nadie ingresaba la cuota para mantenerla en el centro.

—¡Por eso robaba...!

—¿Qué decís, Angustias?

—Nada...

—Vuelvo en una hora, tenelo todo preparado. La enterraremos cuando caiga la tarde.

Después de batir el cemento, busqué entre la maleza una ramita de clavel del muerto, unos botones amarillos y pobres. Resistían la falta de agua y alegraban los bloques de cemento. Pensé en su hermana y en cómo la muerte de una condenaba a la otra. Caminé hasta la tumba de mis hijos. Junto a las flores deposité un caballo mecánico.

Visitación llegó tres horas más tarde. Después de bajar el cuerpo de la camioneta, lo guardamos en un ataúd de madera que yo misma había claveteado el mes anterior. Ella tenía, al menos, una caja de madera; mis hijos solo tuvieron derecho a unas de cartón, las mismas que intentó robar en aquel albergue lleno de moribundos y cucarachas.

Con la misma mano con la que arranqué un mechón de su cabello en Cucaña, apunté su nombre y fecha de nacimiento en el renglón número 750 del cuaderno de difuntos de El Tercer País. Pensé en el Dios vengativo al que Visitación dedicaba tantas lisonjas y al que no importábamos los que vivíamos aquí abajo. No quería nada suyo, porque jamás me había dado a mí algo.

—¿En qué pensás, Angustias?

—En la hermana de esta mujer.

—¿Solo en eso?

—Sí, Visitación, solo en eso.

El primer domingo de mayo se ofrecían dos cruces en Mezquite: la de Abundio, que se celebraba en su hacienda y a la que solo podían acudir sus invitados, y la que Visitación organizaba para los niños del pueblo. Esa era, con diferencia, la más animada de la sierra.

Antes de las nueve, la negra cruzaba el mercado con su pañuelo de colores atado a la cabeza y congregaba a la muchachada para cortar el Palo de Mayo, que podía ser cualquier leño, siempre y cuando tuviera el tronco grueso. Con esos pedazos hacían una cruz muy alta y la vestían luego con flores de chupachupa, ramos de cayenas y margaritas salvajes que los niños ataban con cintas de tela y papeles de colores.

Los vecinos preparaban agua de papelón y la servían en vasitos de plástico o tazas de peltre que llevaban desde sus casas. Las panaderas horneaban catalinas hechas de canela y anís; también naiboas, unas tortas de casabe cubiertas con melaza de papelón y a las que añadían queso blanco. Los carniceros y los polleros del mercado apartaban piezas enteras para asarlas al fuego. Las ofrecían como parte de la fiesta.

Comíamos en mesas vestidas con manteles de colores. Verde, azul, blanco, rojo. Paños que las mujeres lavaban y secaban tendiéndolos al sol. Para tenderlos se necesitaban dos personas, una a cada extremo de la tela. Avanzaban y retrocedían, hasta doblarlos en forma de triángulo, como una bandera. Y así los guardaban hasta el año siguiente, envueltos con los pétalos y las cintas de colores que los niños retiraban con cuidado del tronco del Palo de Mayo. Yo era la encargada de recibirlas y llevar registro de quién había recolectado más flores.

—¡Seguro que tú eres Angustias! ¿A que sí?

Levanté la vista del cuaderno donde apuntaba los nombres de los niños junto al número de los listones que había recogido cada uno. Vi a una mujer alta y corpulenta, con un niño en brazos. Era morena; sus caderas, firmes y rocosas. El vestido amarillo hacía que su piel pareciera más oscura y brillante.

—¡Mi mamá no para de hablar de ti! ¡Jennifer, vení acá! —gritó a una de talle grueso y brazos grandes.

—Pero... ¿quién es tu mamá? —alcancé a preguntar.

—¡Pues quién va a ser...! ¡Visitación! ¡Si somos igualitas a ella! ¿No lo notas?

Pues sí, se parecían, y mucho.

—¡Yo me llamo Mayerlin! —Se inclinó para saludar, como si tuviese cinco años—. Acá viene mi hermana menor.

Las dos tenían una cabellera abundante. No veía unas melenas así desde que salí de la sierra oriental.

—Soy Jennifer. —La otra se incorporó; de pequeña tenía poco. Era corpulenta y gruesa de cuerpo, como su madre—. ¿Querés?

Me extendió un vaso de papelón con ron.

—No, gracias.

—¡No seás aburrida, chica! ¡Bebé algo, está buenísimo!

Dio un sorbo, luego otro y así hasta dejar el vaso por la mitad.

—¡Mirá que sos joven!

—¡Y bonita! —soltó la mayor.

Hablaban deprisa, quitándose la palabra la una a la otra. No me dieron ocasión siquiera de contestar.

—¡Apurá, m'hija, que empieza el baile!

—¡Ay, nos encanta un bochinche! ¡Vení p'acá!

Las dos mujeres rieron. Aunque intenté zafarme, me arrastraron hasta la plaza, donde un grupo de hombres y mujeres formaban una rueda y brindaban con más guarapo de ron y canela.

—Te voy a presentar a mi marido.

—Y yo al mío.

—¡Yo primero! ¡La mayor soy yo! —la regañó Mayerlin—. No le hagás mucho caso a mi mamá, a ella le encanta mandar.

—¡Pero a nosotras nos gusta la fiesta! —respondió la gorda—. ¡Qué ricura volver al pueblo!

La fiesta de las cruces, o el Velorio de Mayo, como lo llamaban en la sierra, convocaba a los que estaban lejos. Marcaba el inicio de la temporada de lluvias, lo más parecido al invierno que tenía la sierra occidental. Por leve que fuera, el agua reverdecía hasta el estado de ánimo. Un musgo de vida que crecía, de a poco, sobre las piedras.

La víspera de la verbena, Mezquite olía a azúcar y melcocha, esas tiras de caramelo que dejaban reposar bajo paños de tela y que impregnaban las cocinas de un aroma antiguo y empalagoso. Algunas mujeres de la sierra oriental, que habían llegado allí antes de la peste, preparaban cuajadas y majarete; también dulce de plátano. El olor lo cubría todo con el vapor humeante que salía de los calderos apoyados en las ventanas.

La confitura de plátano maduro cocinado a fuego lento con agua y papelón era la delicia de todos. Había que enfriarlo muy bien para servirlo junto al arroz con leche, que los niños comían a cucharadas. «Arroz con leche, me quiero casar, con una viudita de la capital. Que sepa coser, que sepa bordar, que ponga la mesa en su santo lugar», coreaban con la tripa llena antes de treparse a los columpios herrumbrosos del parque.

Junto a la cruz repleta de flores apareció Visitación con una falda grande bajo la que escondía dos almohadas, imitando la silueta de una burra. Así perseguía a los pequeños: dando coces y girando sobre sí misma. Los niños intentaban levantar su disfraz para desenmascararla. Ella, que nunca se dejaba alcanzar, corría sujetando los vuelos de la falda con las manos mientras rebuznaba como escapada de un corral.

—¡Visitación, embustera, embustera! —le gritaban los muchachos.

Cuando se cansaba de pegar carrerillas de un lado para otro, se sentaba a cantar estrofas de «Los maderos de San Juan», una canción que la gente se sabía de memoria a fuerza de repetirla durante años. Jairo la acompañaba con el acordeón:

> *Aserrín, aserrán, los maderos de San Juan,*
> *piden pan y no les dan,*
> *piden queso y les dan hueso,*
> *riqui-riqui-riqui ran.*

La mayor de las hijas de Visitación me cogió por la cintura y me empujó hacia una fila de niños y adultos que avanzaban y retrocedían al ritmo de «La culebra de Mezquite», una canción que se bailaba en grupo, imitando la forma del animal y contestando, todos juntos, a las rimas que Visitación cantaba a voces:

> *Ahí viene.*
> *¿Quién?*
> *Se acerca.*

¿Quién?
El animal de la montaña,
sambarambulé,
que me quiere picar,
sambarambulé.
Si me pica lo mato,
sambarambulé,
y lo vuelvo un garabato,
sambarambulé.
San Antonio bendito,
sambarambulé,
dame fuerza y valor,
sambarambulé,
pa matar ese animal,
sambarambulé,
que me quiere picar,
sambarambulé.

La tradición del Palo de Mayo mandaba que aquel que más listones y flores recolectara se llevaría a casa una olla de dulce de tamarindo y una diadema de cartón a la que yo añadí purpurina. Participaban todos.

Una chica se impuso sobre el resto. Ella sola consiguió reunir más cintas y flores que todos. Se presentó con una bolsa de tela donde había escondido los listones y las cayenas frescas para que no se las robaran. Era Consuelo.

Antes de darle su premio apareció un hombre borracho y faltón. La trataba como un perro.

—¡Deja de jugar! ¡Tráeme guarapo!

—¡No la riña, que hoy es fiesta! —grité—. Si tanta sed tiene, vaya y búsquelo usted mismo.

Molesto, se perdió entre la multitud, dando tumbos. Me acerqué hasta ella y encajé la corona sobre su frente.

—Eres la reina de Mezquite.

Me miró, decepcionada.

—¿Y eso de qué sirve?

El viento levantó una nube de papeles de colores. Olía a lluvia. El agua de mayo estaba por llegar.

Visitación me quitó la pala con la que batía cemento, tiró de mi brazo y me arrastró hasta el galpón. Apagó la planta eléctrica, cogió la barra de madera que usaba como seguro y la encajó en las alcayatas a cada lado de la puerta. Aún no amanecía y la oscuridad de la madrugada apenas me permitía distinguir nada.

—¿Qué pasa?

—Shhhhhh.

Se llevó el índice a los labios, levantó una tranquilla escondida bajo la pila y me empujó sin decir palabra.

—Pero...

—Shhhhhhh.

Recogió la escopeta, ajustó el cinto con el machete y se escondió ella también cerrando muy despacio la clavija de ventilación.

—Son los irregulares —susurró—. No hagás ruido, no te movás, no pensés.

Los motores encendidos dejaron de ser un rumor y estallaron en nuestros oídos. Bajaron dando portazos. No sabíamos cuántos eran, tan solo oíamos sus risotadas mientras pasaban revista a las tumbas. Cuanto más cerca percibía sus voces, más me temblaban las manos.

—¡Abra, Visitación!

La noche se retiraba del cielo y dejaba pasar algunos rayos de la luz indecisa del amanecer. Los hombres seguían apostados en la puerta, dispuestos a entrar de cualquier forma. Repartieron culatazos una y otra vez hasta reventar la cerradura y el seguro de madera. Ahí dentro apenas circulaba el aire y un olor reseco a polvo convertía aquella ratonera casi en un ataúd.

—¡Salga de donde esté!

Agazapadas en el desaguadero, solo podíamos ver los pies de dos hombres. Uno caminaba con dificultad, apoyado en una prótesis de plástico. El otro vestía unas botas de media caña. Lo intenté, pero no pude distinguir nada más.

Lo removieron todo. Tiraron al suelo las herramientas y las bandejas. La garganta me escocía y la tierra de la tranquilla me producía ganas de toser. Visitación no paraba de sudar, su ropa entera estaba empapada.

—¡No encontramos a la mujer, comandante! —Entró alguien, a toda prisa.

Su voz me sonó familiar. Era lenta y queda. Con acento oriental.

—¡No ponga excusas! ¡La quiero aquí y la quiero viva! ¡Si no la traes, te arranco la lengua!

—Buscamos entre las tumbas, pero nada...

Ese acento, esa voz. Yo la conocía.

—Has movido a veinte hombres en vano, Mono. —El cojo escupió en el suelo—. No estamos para perder gasolina en estas pendejadas.

—Cállese Gutiérrez o lo hago tragar la pata de palo. ¡Y tú! —ordenó—. ¡Fuera hay cemento fresco, así que muy lejos no andan! ¡Sigan buscando, carajo!

Los dos permanecieron dentro, paseándose a su antojo.

—¿Ese es el de la sierra oriental?

—Hay varios. Todos los nuevos vienen de allá. Los mandó Abundio al campamento.

—¿Este es el que llaman «el mudito», el del cuchillo?

—No estoy seguro.

—¡Pues averígüelo! ¿Usted no conoce a su tropa? ¡Debería!

Rugían los furgones. El sonido de los motores se mezclaba con las voces de los insurrectos. Hacía calor. Me estaba asfixiando. No podía aguantar demasiado tiempo así. Intenté cambiar la cabeza de posición, pero no conseguí detener el ahogo. Visitación me tapó la boca con la mano.

—¡¿Entonces, doña? ¿Va a salir o no?! —gritó—. ¡No sea maleducada! ¡Ha venido a saludarla nada más y nada menos que el Mono, el chivo que más mea en toda la frontera! Como no se haya escondido en una tapia..., ya me dirá dónde la buscamos.

—¡Comandante!

El subalterno entró de nuevo.

—¿Encontró a la negra?

—No...

—¿Ya buscó en el tanque de agua?

—Todavía no, comandante.

—¡Pues va tarde! ¡Ábralo!

El Mono estaba irritado y todo lo despachaba a gritos.

—¡No, no, no, no! ¡Espere! —corrigió—. ¡Mejor reviéntelo a balazos!

—No vale la pena. Déjelo estar. —El cojo se puso conciliador—. Falta munición en el campamento como para desperdiciarla en eso. Deje a la vieja y a sus muertos, ya nos ocuparemos.

—¿Va a seguir, Gutiérrez?

Las botas se acercaron cada vez más a la rejilla, tanto que hasta podía distinguir las manchas de barro en ellas. El Mono se enrabietó aún más y la emprendió a patadas contra el armario hasta derribarlo. Las palas, azadas, cubetas y sogas rodaron por el suelo.

—¡Quiero el pellejo de esa vieja, ¿entendés?! —remató con un puntapié contra la puerta—. ¡Quien decide lo que se hace y lo que no soy yo!

—Lo que usted diga, comandante.

—Yo no digo, Gutiérrez. Yo ordeno.

Se hizo un silencio rocoso e incómodo. Cualquier ruido, por leve que fuese, nos dejaría al descubierto.

—¿Y entonces, negra? Aún está a tiempo de salir. No me obligue a sacarla por las malas.

Visitación cerró los ojos y mantuvo la mano sobre mi boca.

—Sé que está aquí porque la camioneta de fuera es la suya.

Cogió un palo y golpeó la lámina de zinc del techo. ¡Tuc! ¡Tuc! ¡Tuc! Si continuaba, acabaría por derribarla.

—¿Está allá arriba? ¡No, qué va a estar! ¿O es que se esconde entre sus tumbas?

La garganta me escocía y por más que intentaba contenerme, en cualquier momento se escaparía la tos. Visitación me presionó la boca con más fuerza. Oímos otro ruido, al comienzo levísimo y que fue a más: un chorro chocando contra el suelo. Se deslizó sobre el cemento y se escurrió después hasta el respiradero. Era orina.

—¡Sepa, Visitación, que la próxima vez voy a mear gasolina! —gritó el hombre—. ¡Luego voy a encender un puro y usaré su rostro como cenicero!

Cubiertas de orines, aterradas de nuestra propia suerte, esperamos en silencio a que los hombres levantaran la tranquilla y nos mataran.

—¡Comandante!

El subalterno entró por tercera vez, a toda prisa, llevándose varias herramientas por delante.

—¡Comandante! —insistió—. ¡Reventamos el tanque a plomazo! ¡Lo dejamos como un coladero! —Apenas podía hablar.

—¿Y qué? ¿Estaba dentro?

—No, pero salió mucha porquería —jadeó—. Un montón de culebras grandes y gordas... ¡Como las de los pantanos!

—Será marica usted... ¡Eso se secó hace años!

—Están sueltas por todos lados. Hemos matado algunas a machetazos, pero salen más y más. ¡La tropa no quiere abrir las tumbas! ¡Todos creen que esto es cosa del demonio!

—¡Hija 'e puta, Visitación! ¡Diabla! ¡Cuando la consiga, la mato! ¡Se lo juro!

—¡Tiene que ver lo que hay fuera!

Un sonido corto y metálico nos pellizcó los oídos. Parecía el seguro de una pistola.

—¡Enfile!

—No dispare, por favor —suplicó el soldado raso.

—¡Fuera... o le reviento la cabeza de un balazo!

Primero salió el cojo, después el soldado. El Mono permaneció unos minutos más. Antes de abandonar el galpón, descargó tres disparos contra la puerta de metal.

—La próxima vez haré tiro al blanco con usted, Visitación. Salga de aquí por su propio pie. No me haga buscarla. Si la encuentro, la jodo.

Solo escuchamos el sonido de sus pasos en dirección al zaguán.

El Mono y sus hombres se marcharon a toda prisa. Después de los portazos y el ruido de los motores alejándose rumbo a la carretera, Visitación retiró la mano de mi boca. Tosí varios minutos. Un picor insoportable me recorría la garganta y la nariz.

Abandonamos el escondite ya con la luz del día. Una vez fuera, corrí al grifo de agua, pegué los labios y bebí sin parar. Llené una taza y la llevé a Visitación, que se había sentado bajo el dividí.

—El miedo da sed, ¿a que sí, m'hija? —Se ató el pañuelo de colores mientras espantaba las avispas que revoloteaban a su alrededor.

Descuartizadas a machetazos, las culebras se movían por todas partes. Las cabezas separadas del resto del cuerpo mordían los trozos de las colas, que azotaban la arena como látigos. Olía a bosta y carbón. Iluminada por las primeras luces de la mañana, vi una navaja sobre la arena. Era pequeña y tosca, parecía un punzón.

Visitación se echó a reír.

—Cuando llegué aquí, sellé el tanque porque traía el agua sucia de los pantanos. ¡Y mira tú lo que había dentro!

Guardé rápido la perica en el bolsillo y asentí.

—¡Si es que a esta negra la quieren hasta en el otro mundo! —gritó.

No supe si fue el viento o el miedo, pero me pareció oír risas en medio de la nada.

A los irregulares no les dio tiempo siquiera de abrir los nichos. Estaban intactos. Cuando acabamos de examinar el camposanto, Visitación se plantó delante de la única tumba sin fecha del lugar. Tan solo tenía inscrito un nombre al que faltaban los apellidos: Gloria. Era una lápida pequeña, pintada de azul añil y con una rosa plástica incrustada en el cemento.

—Ella fue la primera en llegar a El Tercer País. —Se limpió la frente con el dorso de la mano—. Antes de todo esto, yo tenía a mis muertos en un pedacito del cementerio central. Pero en Mezquite arreció el invierno y la corriente de los aguaceros los sacó a flote. Tuve que llevármelos de ahí.

Una ráfaga tiznó de arena nuestras pieles cuarteadas.

—Conseguí un recurso y los traje hasta acá metidos en bolsas.

Visitación elegía el camino más largo para explicar las cosas sencillas. Y yo no entendía nada.

—Están alborotados todos. Les molesta que tenga a mis muertos aquí... Las Tolvaneras no pertenecen a nadie. Son de Gloria, de tus hijos, de todos los que descansan acá... —Alzó los brazos y señaló los nichos—. ¡Ellos son los dueños de todo esto! ¡No Abundio, ni el cura! ¡Ni siquiera yo! ¡Son ellos! ¡Esta tierra es de los muertos!

—Los irregulares casi nos matan esta mañana, Visitación.

—No es la primera vez que vienen. Y no será la última.

—Mencionaron a Abundio. Ese hombre tiene ojos en todas partes. ¿Qué quiere?

—Todo, mi amor. Lo quiere todo.

—Si tanto la odia, ¿por qué no viene él a sacarla de aquí?

—¡Porque a estos no los mandó Abundio! Vinieron solitos, para sacarme con los pies pa'lante y quedarse con esto para ellos, sin repartirlo con nadie, ¿entendés?

Miré mis manos cubiertas de callos y casi tan agrietadas como las suyas.

—No me gusta lo que está pasando aquí —solté—. Usted tiene problemas con todo el mundo: el alcalde, los irregulares, el de los perros. Y a mí no me explica nada.

Visitación se giró y me señaló con el dedo índice.

—Te lo advertí. Allá está la puerta. Si te vas, eso sí, no volvás.

Bebió un poco más de agua y me miró, recelosa.

—Conmigo o contra mí. Así se arreglan las cosas de este lado de la sierra. ¡Pensátelo bien!

Se marchó, arrastrando los pies, en dirección al galpón. Examinó los disparos en la puerta de metal y entró para limpiar el reguero que aquellos hombres dejaron a su paso.

No nos dirigimos la palabra en todo el día.

Después de recoger y quemar los cuerpos de las culebras, enfilé hacia la tumba de mis hijos. Encontré otras dos figuras talladas en madera, una por cada hijo. Eran unos peces pequeños y simples como los jaguares. Yo no los había colocado ahí y, excepto los irregulares, nadie había visitado el cementerio esa semana.

Aún con las tallas en la mano, saqué la navaja que había encontrado en el suelo, pero era demasiado tosca y más grande que los surcos de las figuritas. Atrapado en mis oídos, aquel acento de la sierra oriental retumbaba, intacto. Era la voz de Salveiro, ¿de quién más si no?

Sacudí la cabeza para espantar el eco de un hombre que ya debía de estar muerto. Revisé uno a uno los sepulcros, pero no encontré nada distinto. Volví a guardar la navaja en el bolsillo junto a la tijera y dejé los peces donde los había encontrado. No por esconderlos iban a cambiar las cosas.

Me senté de nuevo ante la tumba, sin saber qué hacer.

El viento me revolvió el pelo. Ya había crecido.

Visitación Salazar tenía los ojos fijos en una olla de agua a punto de hervir.

—¡Pero mirá quién está aquí! —gritó, alzando los brazos—. Pensé que te habías ido.

—Y yo la hacía en Mezquite, con su novio.

—¡Qué va...! —Hizo una pausa—. Víctor Hugo anda muy bobito; que aprenda y se joda un rato, que no voy a estar disponible siempre. —Sirvió un cucharón de agua en un colador de tela con café molido—. Además, chica, me quedo porque me da la gana... No tengo por qué dar explicaciones. Ni a él ni a ti.

Me senté junto a ella.

—¿Querés café?

Asentí.

—Yo no debería. Desde hace unos días no duermo...

—¿Qué le quita el sueño?

—Todo esto. —Suspiró, derrotada.

Un camión Tres Cincuenta cruzó la carretera a toda velocidad, rumbo al norte. Visitación se levantó, cogió la linterna y caminó hasta el portón. Echó el candado y apagó la farola. Regresó iluminando las alambradas y se dejó caer sobre el taburete junto a la hornilla eléctrica.

—Hoy me reprochaste que no te cuento nada...

—Es verdad, Visitación. Y a mí esto no me huele bien.

—Mujercita, parece mentira que hayas enterrado a dos muchachos y sigás así de pendeja.

—Respete, que yo la respeto a usted.

La negra bajó la mirada, removió la media de tela y echó otro cucharón de agua.

—El asunto viene de lejos... —Sirvió el café y me ofreció—. ¿De verdad querés saberlo?

Asentí.

—Estigia Ágave viajó hasta Mezquite para casarse con Francisco Fabres. Era una mujer educada, la hija mayor de una familia de industriales con dinero. Francisco era el heredero de los antiguos telares y la fábrica de hilos más importante de la sierra.

Añadió más agua al colador y removió el café.

—Amalia, mi mamá, trabajaba desde hacía mucho con aquella familia. Se encargaba de la cocina y de todo lo que hiciera falta: supervisaba la huerta y planificaba el menú para todos. Alimentó a dos generaciones en esa casa.

El resplandor de la hornilla atraía a los bichos: jejenes, mariposas nocturnas y unas hormigas negras de alas finas que se colaban entre la ropa. Visitación no paraba de espantar animales con la mano. Se sirvió su taza de guayoyo y continuó.

—Mi mamá respetaba a doña Estigia. Decía que era inteligente y organizada, una emprendedora. Mandó hacer un censo para saber cuántos adultos en edad de trabajar vivían en Mezquite y a cuántos podían contratar en los nuevos telares. Al año de casarse y luego de poner la fábrica en marcha, Estigia dio a luz a tres niñas de piel blanca y cabello negro.

No entendí por qué salía ahora con esa historia antigua ni qué quería que entendiese yo de ella. Casi nos degüellan... ¿y venía con estas cosas? Pero ella, ni caso, como siempre.

—Cuando Estigia se marchaba a los telares para poner en orden las cosas, mi mamá se quedaba con las criaturas. Todo en esa casa giraba alrededor de aquel negocio y hasta las muchachitas se aficionaron a las telas y las fibras —dijo, solemne—. Los Fabres conocían todos los secretos del algodón. ¡Lo que pasaba en sus talleres influía en la vida del pueblo! En Mezquite todo el mundo consiguió trabajo con ellos; era un empleo digno y serio: operarios, descargadores, conductores..., y estaba bien pagado.

Oí un ruido junto al portón.

—¡Dejá, Angustias, son los chivos! —Visitación siguió con su historia—: Los Fabres se hicieron con las ventas de tela para toda la frontera. Si ya eran ricos, lo fueron aún más. Las hijas heredaron el destino y el poder de la familia. Pero no supieron defenderlo.

Oí más ruidos. Temí que alguna culebra estuviese agazapada entre los matorrales.

—Cuando las trillizas se hicieron señoritas, Estigia las mandó a estudiar a la capital.

Visitación sacó de su bolsillo un cigarrillo de los que vendían detallados en el mercado. Usó la lumbre de la hornilla para encenderlo y dio una calada profunda.

—Todo iba bien, pero... ¡Ayyyyyyy!

Aulló, exagerada, como las plañideras de los velorios. Pensé que la había mordido una alimaña.

—¿Qué tiene? ¿Qué pasa?

—¡Que se desbordó el Cumboto!

El corazón aún me palpitaba desbocado. ¡Qué susto me había dado!

—El río se llevó por delante una parte de la montaña y el terreno se desplomó sobre las naves industriales. Todo quedó convertido en un lodazal... —Miró mi taza—. ¿Vos no bebés? ¿O es que no está bueno?

Sorbí, de golpe.

—Siga contando.

—Aquello fue una tragedia... Abundio, que sabía oler la debilidad como las pirañas la sangre, se presentó en la casona de los Fabres. —Se puso de pie, con los brazos en jarra, para imitarlo—. «¡Lo que no produce, se confisca!», gritó, mostrando la pistola. Don Francisco salió a su encuentro. Estigia no quiso darle el gusto y se quedó en su habitación. Los otros dos se reunieron en el despacho durante media hora... —Señaló en su muñeca un reloj inexistente—. Salieron en silencio. Estigia Ágave les cortó el paso. Haciéndose el galante, Abundio le tendió la mano, pero ella se la dejó extendida... Te lo cuento tal y como me lo contó mi mamá, fue ella quien escoltó a Abundio hasta la puerta. Por eso la odiaba, porque ella vio todo lo que pasó.

Fabres había ofrecido a Abundio los terrenos de los telares a cambio de que no tocara la casona de la sierra, lo único que el banco no les quitó. A Abundio no le pareció suficiente con la propiedad y, después de colocar la pistola sobre la mesa del despacho, pidió casarse con la menor de las hermanas para quitarle su parte también.

La boda entre Mercedes Fabres Ágave y Alcides Abundio se celebró en la intimidad. Acudieron el cura, el gobernador de la provincia, un notario y algunos parientes lejanos. Faltaron los comerciantes de la sierra, que vieron con espanto la expropiación y el enlace. Tampoco acudieron sus hermanas. La ausencia mayor fue la de Estigia Ágave, que dos semanas antes se había arrojado al río Cumboto con dos pedruscos atados a cada tobillo.

—Del matrimonio con Abundio nació una niña, Carmen, la hija única de aquella unión desgraciada. —Apagó el cigarrillo y lo cubrió con arena—. Quién sabe si violó a su mujer para quedarse con todo, incluidas estas tierras. Pero yo las cogí como propias, porque Abundio se las debía a mi mamá. ¡La echó a la calle sin pagarle ni un centavo, después de treinta años de trabajo!

Levantó su taza, bebió el último sorbo y echó los posos en la arena.

—Me voy a la cama. Apagá todo, no conviene que nos vean, al menos no hoy.

Se marchó agitada, con las manos apoyadas en la cintura. Permanecí allí un rato más. Aquella historia me parecía lejana, una invención. Sobé la navaja que aún llevaba en el bolsillo y bebí un poco más del guayoyo para espantar las preguntas, pero seguían ahí, enterradas como clavos en mi cerebro.

Sentada ante la hornilla, escuché a la pavita con su canto de desgracia. Algo malo estaba a punto de pasar. Si es que no había ocurrido ya.

Tras casarse con Mercedes, Abundio no solo ejerció de administrador principal de los telares y las granjas: también quiso dejar claro que él era el nuevo dueño. Despidió a los obreros y al personal de confianza, en lugar de reparar la maquinaria rota la vendió como chatarra y convirtió los antiguos galpones en depósitos. Desvalijó la fábrica y lo destruyó todo. Más tarde descargaría en su hija todo su resentimiento. Hervía de rabia por no haber engendrado un varón, pero al menos la criatura le aseguraba un porcentaje de la parte de los terrenos que correspondían a su mujer, a la que sometió a una vigilancia férrea.

Antes de convertirlo en alcalde de Mezquite, Abundio encomendó a Aurelio Ortiz algunas tareas para poner a prueba su lealtad o su cobardía. Espiar a Mercedes fue el primer encargo. Aurelio acababa de casarse con Salvación. Necesitaba dinero, así que aceptó sin rechistar.

Se presentó ante la mujer de su jefe la noche del primer aguacero del invierno. Mercedes había regresado de uno de sus viajes a la casona familiar, donde pasaba temporadas cada vez más largas con su hija Carmen, entonces una criatura de unos tres o cuatro años.

—Aurelio Ortiz, para servirle.

Ella lo miró de arriba abajo.

—Las personas no me sirven, trabajan para mí. Lo otro es más del gusto de mi marido. Es él quien lo envía, entiendo.

Aurelio asintió.

—Ahórrese el tiempo y dígale a Alcides que no preciso de chaperones ni espías.

Fue lo mismo que le dijo su propia mujer.

—¿Ahora sos un soplón? No sé para qué te prestás a esas cosas, Aurelio —lo reñía Salvación—. ¡Estaría mejor que montaras tu oficina de contador! ¡Firmar documentos, registrar ventas! ¡Eso que hace la gente normal!

Su esposa era terca y malpensada. No paraba de recriminarle cosas. Tenía buen corazón, no le hacía ascos a ningún trabajo y sabía ser solidaria. Había llegado desde San Fernando de las Salinas, un pueblo de la costa a unas cinco o seis horas de la sierra. Era alta y tenía el cuerpo grueso como un samán. Vino a la sierra para levantar su franquicia de productos dietéticos, unos polvos milagrosos que ella despachaba con un discurso tan extravagante como sus nombres: «Fuerapapada», «Quitabarriga», «Vuelvelavida». Hasta Visitación compraba aquellos bebedizos.

No había quien la engañara, porque dudaba de todo. Necesitaba muy poca información para hacerse una idea de las cosas. Por eso no le gustaba ver a su marido trabajar para Abundio. Tenía razón, pero él no estaba en condiciones de dársela.

Mercedes conocía las habladurías: que Abundio se iba de putas, criaba gallos de pelea, bebía aguardiente con sus peones y hacía tropelías en los terrenos que alguna vez fueron de su familia. Nada de eso le importaba. Tampoco el escrutinio vigilante al que la sometía día y noche. Su única inquietud tenía un nombre: Críspulo Miranda. No le gustaba su forma de mirar a Carmen ni que se moviera a sus anchas por la casa.

—¡O Críspulo o nosotras, tú eliges!

Abundio se levantó de la silla y rodeó el escritorio haciendo sonar sus botas. Se detuvo frente a su mujer y le soltó un bofetón que la hizo perder el equilibrio.

—Vos te podés marchar a donde querás, pero a Carmen la dejás aquí. ¡La niña es mía!

Mercedes recompuso su ropa y se plantó de nuevo.

—Eso está por verse. —Y lo escupió.

Agazapado entre los tinajeros, Aurelio la vio salir del despacho con un gesto amargo y oscuro. La lluvia caía con fuerza sobre las tejas y el viento arrastró las macetas. Ella avanzó sin advertir su presencia, pero tampoco la de Críspulo, que sacaba filo a un machete con una piedra de agua.

Un rayo arrancó al peón de entre la oscuridad. Mercedes se detuvo de golpe. Él dejó el chuzo en el suelo y la señaló con el dedo índice. Cuando inclinó la cabeza para adivinar lo que intentaba decirle, una gota roja cayó de su nariz y se estampó sobre la blusa blanca, como un punto final.

Aún era pronto y apenas cruzaba gente en los pasillos del mercado. Compré molinetes de colores para la tumba de Higinio y Salustio y fui a buscar al cauchero, que tenía recado para Visitación.

—Están listas las dos ruedas. Dígale a la doña que una le sale gratis. Ella sabe por qué.

Me devolvió la mitad del dinero.

Subí los neumáticos nuevos a la caja trasera. Tenía sed y estaba cansada, pero prefería volver a Las Tolvaneras, aún quedaba trabajo pendiente. Justo antes de abrir la puerta de la camioneta escuché un griterío.

—¡Vení, vení acá! ¡Que no tengo todo el día!

Era el mismo hombre que había visto antes con Consuelo. Daba voces por toda la calle, ebrio como la otra vez. Ella intentaba empujar unas cajas repletas de cachivaches.

—¡Levanta los cartones, burra! —siguió gritando—. ¡No desperdicies nada!

Junto a ellos viajaban hombres y mujeres con mochilas. Todos empujaban colchonetas y carpas. Iban de pueblo en pueblo, como ropavejeros. Escudriñaban en la basura para revender cuanto encontraban.

—¡Que no arrastres las cosas, te dije!

No me gustaron sus formas. Alguien tenía que enseñarle que Consuelo no estaba sola.

—Baje la voz, hombre. No tiene por qué gritar así.

—¿Y tú quién eres?

—¡No me tutee! ¡Y trate con más respeto a la muchacha!

—¡Métase en sus asuntos!

—A mí no me alce la voz. Y si sigue con el alboroto, llamo a los municipales. A ver si lo deportan por borracho y ratero.

El hombre se dio la vuelta con el rabo entre las piernas y fue a por sus porquerías. Me acerqué a Consuelo a toda prisa y saqué de mi bolsillo los billetes que me había dado el cauchero.

—¡Escóndelos! Si vuelves a Mezquite, búscame. Vengo todos los martes y jueves.

Consuelo guardó la plata a toda prisa. Tenía más trasquilones en el pelo y estaba en los huesos.

—¡Tengo que irme! ¡Me esperan!

Se perdió calle abajo, cargando cobijas que olían a chivo. Había perdido el aire de niña contestona y altanera, parecía más bien un despojo. La frontera la estaba devorando a dentelladas. Y puede que a mí también.

Nos desviamos en la Nacional para buscar algo de comer. Entramos en Mezquite por la calle central, que a esa hora estaba llena de vendedores ambulantes y puestos de viandas en los que la gente almorzaba arepas rellenas de chicharrón y hervidos de carne, ocumo y verdura.

—¡Me suenan las tripas! —Visitación encendió los intermitentes y aparcó en zona prohibida—. ¡Apurá, Angustias! ¡No puedo conducir hasta Nopales con el estómago vacío!

Cruzamos la avenida saltándonos los semáforos.

—¡Visitación! ¡Llévame al cielo, mamita! —gritaron dos muchachos.

Ella soltó una carcajada, orgullosa y presumida. Era imposible no mirarla: sus risotadas estruendosas, sus ropas apretadas, el pañuelo en la cabeza y aquellas piernas firmes. Más que habitar el mundo, Visitación lo imantaba. Y ella lo sabía.

—¡Te presto mis alas para subir! —respondió, melosa, y aminorando el paso.

—¿Y usted no se estaba muriendo de hambre, pues?

—No seás envidiosa, Angustias, dejá que me admiren...

La pollería más grande del pueblo estaba llena a todas horas, pero ese día apenas tenía clientes. Al fondo del local, los pollos daban vueltas ensartados en pinchos dentro de un asador de gas.

—¡Chúo, mi vida, dame dos de esos y una de yuca! ¡A toda prisa, papito!

—¿Tiene trabajo, doña?

—Un muertico en Nopales. —Se inclinó sobre el mostrador—. ¡Cortame bien esos pollos, Chúo, que vos les dejás mucho hueso! Y dame dos cervezas bien frías, pero esas son para ahorita mismo, mi amor.

—¡Lo que usted mande, reina!

Le faltaba un ojo. Otro más que criaba gallos.

Visitación cogió las latas, abrió la suya tirando del asa, dio un trago largo y se limpió la boca con el pañuelito arrugado que llevaba atado a la cintura.

—Bebé, m'hija, que andás reseca como un palo. ¡Mirá mi cuerpito, pura energía!

Encendió un cigarrillo y se recostó sobre la barra con el pitillo en una mano y la cerveza en la otra.

—¿Qué te parece esta locura?

—¿Cuál?

—Esto, vivir enterrando.

Bebió otro poco.

—Has aprendido a trabajar el cemento y a frisar, pero aún no sabés lo más importante de enterrar muertos.

—¿Qué?

—¡Estar viva! Pero vos ni te enterás. No dormís, no comés, no libás.

—Eso se lo dejo a usted. Lo hace mejor que yo.

—No te pasés vos, Angustias, ¡te veo las intenciones! —Se dio la vuelta—. ¡Chúo, póngame un pollo chiquito para compartir acá con Angustias!

Se puso solemne; estaba claro que ya iba a soltar uno de sus discursos.

—Como por hambre y río porque me gusta. Lo llevo dentro. Mi novio se enamoró de mí por eso: soy disfrutona, sé de la vida y la muerte.

Sonrió sobándose las caderas.

A sus sesenta años podía presumir. Tras separarse de su marido tuvo dos o tres novios, todos jóvenes. A Víctor Hugo le sacaba veinte años. El muchacho era manso y chismoso, pero eso le importaba lo justo. Ni siquiera vivían juntos, porque ella no quería.

—¡Ya yo crie muchacho! Así que le dije a mi negrito: «Mirá, mi amor, a mí me gustan los hombres bonitos, los hombres limpios. Si vos querés, le echamos pluma a esta vaina...».

Al tercer trago se le soltó la lengua.

—Víctor Hugo es lento y hay que explicárselo todo, pero en la cama responde. Excepto en lo de jugarse la plata, obedece..., y eso es importante. Coger te hace sentir viva, Angustias. Pero vos, nada. Sos como una monjita. ¡Sor Angustias! ¡Sor Angustias! —Ya estaba otra vez con la cantinela—. De tanto enterrar cuerpos terminé por entender que el de una hay que usarlo. —Miró hacia los lados mientras expulsaba dos columnas de humo por la nariz—. Yo sé de muchas cosas, imparto mi sabiduría... ¡Vos entendés! —Se dio unas palmaditas en la entrepierna.

Bebí mi cerveza, porque a ese paso ella acabaría despachándola, y aún quedaba camino por recorrer.

—Así es, Angustias, ¡pa'l buche! —Chocó su lata contra la mía—. ¡Salud! Yo esto no lo hago siempre, solo de vez en cuando... —Puso cara de santurrona y siguió con el sermón—: Cuando la gente llega a un cementerio, siente miedo. Es feo, es raro. Pero los que van a El Tercer País quieren quedarse, porque allá reina la paz... Para mí, los vivos y los muertos son iguales. No todos tienen la oportunidad de nacer, pero todos van a morir.

El despachador sirvió un pollo humeante en un plato de cartón. Visitación se abalanzó sobre la pieza.

—¡Ayyyyy, Chuito, está para chuparse los dedos! —Al masticar su boca parecía más grande—. ¿Querés, sor Angustias? ¿O estás ayunando? —Negué con la cabeza—. No podés vivir del aire. Hablás, vivís y pensás como si tuvieses cien años.

El sonido de sus dientes al triturar los cartílagos resonaba en mis oídos. La grasa le cubría la boca como si se hubiese maquillado con un pintalabios de manteca.

—Y a vos... ¿no te hace falta?

—¿El pollo asado?

—Vos sabés de qué te hablo. El lecho, el meollo... ¡Eso! Tu marido no estaba mal, era grandote.

—Lo que da un hombre lo da cualquier otro. Usted misma lo dijo.

—No te pongás beata. Tampoco hay que tomárselo al pie de la letra.

—Mire quién habla, ¡la Virgen María de Las Tolvaneras!

Visitación soltó sus risas.

—¡Chúo, cobrame! —Pegó otro bocado a la pechuga de pollo y terminó su cerveza—. Vámonos, ¡que me van a multar por parquear en zona prohibida!

De camino a la puerta, Críspulo Miranda nos cortó el paso.

—Buenas tardes, señoras.

—Y tus perros ¿qué? ¿No los sacás hoy?

—El hambre les hace bien. Ustedes lo saben de sobra, ¿verdad, misia? —preguntó, dirigiéndose a mí.

—Serás malparido, Críspulo. ¡Quitate, indio, que no tengo ganas de apalear a nadie hoy!

El peón se apartó, escrutándonos con sus ojos de sierpe.

—¡Tenga cuidado, que en la vía hacia Nopales hay mucho bandido y dos mujeres solas...!

Nada más oír su voz me di la vuelta.

—¡Y a usted qué le importa a dónde vayamos!

—Críspulo todo lo ve, Angustias.

Salimos a la calle oliendo a caldero y grasa. A presa.

—¡Angustias! ¡Dejá ya de gritar!

Aún con el escozor en la mejilla, me froté los ojos.

—¡No sea bruta!

—¡Si cogieras, dormirías mejor! ¡Tenés que desfogar, mujer! —Visitación me riñó.

Desde que aparecieron los jaguares de madera en la tumba de los niños yo apenas podía pegar ojo, y cuando lo conseguía, tenía sueños extraños: Vírgenes que parían tigres, Inmaculadas que sostenían en sus brazos un cachorro de cunaguaro, caballos paso fino que estallaban en pedazos deshaciéndose en el aire como hilos de carne mechada. Pero este sueño fue distinto. Yo caminaba por El Tercer País con una tijera de cortar pelo en la mano. Iba descalza y vestía una falda hecha con serpientes tornasoladas prendidas a mi cintura. El viento las agitaba como una seda fina hecha de escamas y veneno.

A lo lejos oía ladridos, pero me sentía invencible bajo mi armadura de víboras hambrientas. Al llegar a la tumba de mis hijos, un hombre rezaba de rodillas.

—¡Fuera de aquí! —grité sin abrir la boca, como una Virgen iracunda.

Ni siquiera se dio la vuelta.

—¡Habla! ¿Qué quieres?

La rabia me recorrió el cuerpo. Las culebras se desprendieron de mi cintura como los hilos de una falda y se abalanzaron sobre él hasta inmovilizarlo. De pie, y desnuda de cintura para abajo, las vi romperle los huesos. Uno por uno.

—¡Sagrado Corazón! ¿Por qué justo ahora? ¡Maldito tráfico! —Visitación arrojó la colilla por la ventana.

Un atasco de camiones y automóviles taponaba la Interestatal, a esas horas repleta de autobuses, furgones de mercancías y convoyes militares. Visitación encendió otro cigarrillo, lo aspiró y expulsó el humo como una dragona.

—Preparate, Angustias, porque vamos al pueblo más feo de toda la sierra.

—¿Y cuál no lo es?

Nopales estaba repleto de botiquines y galleras, y aunque las dos cosas se encontraban por toda la frontera, las de aquel lugar se distinguían del resto porque gozaban de la protección de Abundio, que se preocupaba de mandar sus mejores ejemplares: unos pollos feroces y vistosos, criaturas de ojos rojos, cresta enhiesta y pico fuerte.

Nadie se resistía al espectáculo barato de ver morir, y mucho más en esas peleas regadas con sangre y anís, la principal fuente de ingresos del lugar. Abundio convirtió Nopales en un laboratorio. Introdujo variantes en los combates y se aseguró una comisión en las apuestas. Aun perdiendo, ganaba.

De todos los combates, disfrutaba de una versión que él mismo introdujo y causaba furor entre los habitantes de toda la sierra. La llamaban La Playa. Era simple, pero efectiva. A sus peones más débiles los obligaba a acostarse sin ropa boca abajo sobre la arena. Juntaba a unos veinte de ellos. Los que llegaban a la gallera se divertían reconociendo a este o a aquel. Grababan vídeos con sus teléfonos y hacían bromas procaces.

Una vez que sonaba la campana, empezaba el griterío. Los animales repartían picotazos dando saltos sobre una alfombra de hombres desnudos y asustados que apenas entendían lo que ocurría. Se tapaban la cabeza con desesperación, metidos a la fuerza en un purgatorio. La mayoría llegaban anestesiados por el alcohol. Otros morían durante el combate, exhaustos y derrotados, como quien toca a la puerta del infierno.

Las apuestas, el tráfico de animales y el ajuste de cuentas entre bandas de delincuentes condenaron a los habitantes de Nopales a vivir encerrados en sus casas, temerosos por igual de los lugareños y los forasteros. Excepto de galleras, Nopales carecía de casi cualquier cosa. No había dispensario ni escuelas. A los niños los enviaban a las de Mezquite y Villalpando, aunque casi todos abandonaban los estudios y acababan como sicarios. No aprendían a leer, pero de la muerte lo sabían todo.

El pueblo tenía una plaza, una iglesia, un ayuntamiento ruinoso, una calle repleta de bares y un mercado donde vendían reptiles, también guacamayos, ranas venenosas, gallos de pelea, monos y tembladores, una especie de anguila que mataba a los caballos cuando bebían en los abrevaderos del Cumboto.

La Niña Muerta era su patrona, una Virgen-cadáver que protegía a los comerciantes de aquel zoco sin ley: un esqueleto vestido de novia rematado por una aureola de fuego blanco. La gente se refería a ella como la Virgencita de los Olvidados, a ella se encomendaban los sicarios y en su nombre se oficiaban conjuros y súplicas. El ofertorio incluía animales, botellas de aguardiente, dientes de leche y huesos del santo, unos dulces blancos recubiertos de azúcar abrillantada. Sus devotos daban por hecho algunos de sus dones, como encontrar aquello que desaparecía a cambio de una penitencia que no admitía olvido o traición alguna. De lo contrario, ella regresaría a cobrar el oscuro milagro de sus favores.

Un viento seco y maluco nos condujo al pueblo. Tras callejear unos minutos, nos plantamos ante la casa de Candelaria Macario. La puerta tenía un Sagrado Corazón decorado con una guirnalda de espada de rey, una hierba a la que se atribuían propiedades medicinales y que la gente de la sierra conservaba en sus casas para espantar la enfermedad.

Candelaria tenía setenta años. Era una mujer ciega y enjuta. Vivía entregada a Jesús, su único hijo. Cuando los médicos le diagnosticaron leucemia, lo cuidó como a una parte de su cuerpo que alguien acabaría amputándole.

A eso fuimos. A amortajarlos. A ella y a él.

Nos abrimos paso a través de un zaguán repleto de helechos y tinajeros. Guiadas por una luz al final del pasillo, atravesamos un salón amueblado con tres sillones y una mesa velador sobre la que se desplegaban baratijas de barro y fotos descoloridas. Un mundo poblado apenas por fantasmas.

—Candelaria, doña, ¡soy Visitación!

—¡Pasa, negra! —gritó la mujer desde el final del pasillo.

Nos detuvimos ante una alcoba oscura. Tras encender el interruptor, una bombilla pobre y tartamuda apenas alumbró la estancia. La anciana sostenía en brazos a un hombre joven. Parecía una Virgen ciega vestida con una bata de andar por casa.

Candelaria mantenía las manos sobre el rostro de su hijo. Con la yema de los dedos transcribía en su mente los rasgos de una piel muerta.

—Se fue a las tres de la tarde. Ahí tenés los documentos.

Visitación buscó la carpeta y miró los papeles del forense.

—Vos lo vas a enterrar, ¿verdad?

—A eso vine.

La bombilla desnuda crepitaba.

—Candelaria, váyase a dormir.

—No quiero —contestó, sin despegar las manos del rostro de su hijo.

—Yo me quedo con él hasta que amanezca —insistió Visitación.

—De aquí no me muevo.

Di un paso al frente.

—Candelaria, descanse usted y déjelo a él hacer lo mismo.

La mujer alzó la cabeza, oliendo el aire.

—¿Vos sos Angustias Romero?

—Soy yo.

La habitación olía a medicina y sudor.

—Cuentan que te has mudado a vivir a Las Tolvaneras con tus hijos muertos. ¿Es eso cierto?

—Así es.

—Entonces no me pidás que haga con el mío lo que no has hecho vos con los tuyos.

Los gallos cantaron, desorientados. No llamaban al día, tan solo espantaban a la muerte.

Candelaria cedió al sueño como un leño cansado. Yo misma la acompañé hasta la cama y guardé sus dientes de resina en un vaso con agua y bicarbonato. Sin ellos, parecía un bebé al pie de la tumba.

Visitación preparó el cuerpo de Jesús, apenas vestido con una ropa teñida con los humores que dejan los moribundos antes de abandonar la tierra. Entre las dos lo movimos hasta el comedor. Ella lo sujetó por las axilas y yo por los tobillos. Lo tendimos sobre la mesa.

—Quitale el camisón, Angustias.

Despojado del sayo, descubrimos un cadáver cubierto tan solo por un pañal.

—Habrá muerto antes de lo que dice su mamá. —Visitación le dobló las muñecas—. Está un poco rígido.

Hizo lo mismo con el codo y los dedos. El cuerpo emitía sonidos breves, similares a un crujido, trocitos de algo que ya no habitaba esta tierra.

—Sé cuidadosa —ordenó—. Mojá bien los algodones. Aquí no tenemos desagüe y no se puede derramar nada.

Extraje un bote de desinfectante de la caja metálica donde guardábamos los instrumentos y empapé un algodón con el que Visitación frotó los orificios del rostro; también el ombligo, las axilas y la entrepierna.

—La nariz se limpia así —dijo, restregando— y se aspira después. La higiene de la boca es más delicada. —El cuerpo tenía los labios entreabiertos y violáceos—. Ahora nos va a contar cómo es él. —Visitación cubrió su dedo índice con un papel de secar y masajeó las encías—. Es para reanimar la expresión. —Luego raspó una capa amarilla que recubría la lengua—. Hay que evitar bacterias y olores. —Lo afeitó cogiendo la mejilla por dentro de la boca para estirar la piel—. Si lo corto con la cuchilla no sangrará, pero saldrán manchas al rato.

Rasgó otro trozo de papel secante y retiró el exceso de espuma del rostro. Buscó el peine en la caja y con cuidado tanteó la melena. Se dirigió hacia la cocina y regresó con un trapo húmedo.

—Cuando lo mojás, el cabello habla.

Hundió el peine y segó con paciencia la melena.

—¡Espere! —saqué mi tijera.

Recorté y emparejé el pelo de la nuca, hasta dejarla limpia. Visitación asintió, y domó los cabellos con un cepillo.

—La única diferencia entre él y nosotras es la respiración. Tú y yo aún podemos hacerlo. Él ya no.

Se movía con seguridad y precisión. Preparó con detalle la postura de las manos y juntó sus pies.

—A los muertos, Angustias, hay que darles todo eso que la vida roba en apenas unas horas. Lo importante es que parezca de este mundo, aunque ya no viva en él, ¿entendés? —Asentí—. Tenemos que hacer el milagro. Que cuando su mamá despierte, lo encuentre casi vivo.

—Pero Candelaria es ciega.

—Parece mentira que no sepás lo que siente una mujer al enterrar a un hijo. ¡Que huela a jabón! ¡Que al tocar su pelo esté húmedo! ¡Como si acabara de salir de la regadera!

Afirmé con la cabeza.

—Buscá papel o tela, lo primero que consigás, algo que nos sirva de cojín.

Arranqué la corona de espada de rey de la puerta. Visitación la colocó bajo la cabeza de Jesús, como una falsa almohada.

—Hemos terminado.

Candelaria escuchaba aferrada al marco de la puerta. Parecía una lechuza. Se acercó hasta la mesa y tanteó con las manos el rostro de su hijo. Una sonrisa se abrió paso en su boca sin dientes.

—Que Dios te bendiga, negra.

—Amén, doña.

Visitación clavó los frenos. Dos camionetas bloqueaban El Tercer País cerrándonos el paso. Víctor Hugo esperaba junto a Reyes y Críspulo, que había vuelto a aparecer con sus perros.

—¡Víctor Hugo, m'hijo! ¿Qué hacés ahí? ¡Abrí la puerta! —gritó, sacando la mitad del cuerpo por la ventanilla—. ¡Hijo'e puta!

Metió el embrague y embistió contra la empalizada. Estaba fuera de sí. Reyes disparó al aire para disuadirla. Ella dio marcha atrás y avanzó. El chofer tiró, otra vez. La bala hizo diana en el retrovisor.

—¡Angustias, cogé el volante y quedate con Candelaria! ¡No salgás de la camioneta hasta que yo te diga!

Salió de la cabina sin nada para defenderse, ni siquiera una pala o un machete.

—El cementerio está clausurado. —Reyes la apuntaba con su automática.

—¡Eso está por verse! ¡Abrí ya mismo!

—Hasta que no se levante la prohibición de la alcaldía no puede enterrar a más gente acá. Cálmese y lleve a esa señora a su casa. —Reyes intentó hacerla entrar en razón.

—Que venga Aurelio Ortiz a decírmelo. ¿Qué le pasa? ¿Se está haciendo la manicura?

—Respete, doña —la atajó el chofer—. Hoy es día de cobro y el licenciado está ocupado con los proveedores y los empleados.

—¿El licenciado? —Rio con rabia.

Busqué la escopeta bajo el asiento. No tenía demasiadas balas y mi puntería no era buena, pero ya todo me daba igual.

—Candelaria, ¡túmbese! Vuelvo ya mismo.

Tiré de la manilla y salí de la camioneta a toda prisa. Visitación seguía buscando pelea.

—Tu jefe..., ¡perdón!, el licenciado está ocupado. ¡Ay, qué cosa! —Se ajustó el pañuelo—. ¡Le falta valor para venir a decirme que cierra El Tercer País! ¡Menos mal, Críspulo, que tu mamá está muerta...! ¡Qué vergüenza haber parido a alguien como tú!

El peón sobó el lomo del pastor alemán.

—¡No habrá Dios que te perdone! ¡Ni a Aurelio Ortiz ni al traidor ese!

Víctor Hugo bajó la mirada cuando ella lo señaló con el índice.

—¿Qué pasó, papi? ¿Ellos sí te prestan dinero para pagar tus apuestas? Cuando esta gente te llene la boca de moscas, dile a Belcebú que lo único bueno que tuviste en la vida fue esta.

Visitación dio unas palmaditas sobre la entrepierna y se giró hacia Críspulo.

—¡Si sos tan valiente, dejá a los animales y vení acá! ¡Enfrentate con tus propias manos!

—Tu muchachito nos abrió la puerta. —El peón señaló a Víctor Hugo, que temblaba como un papel—. El hombre sabe lo que le conviene, doñita. Él solito nos ha contado todo, desde hace tiempo: a qué horas salís, cuándo volvés, quién viene a verlas.

Cuando la vi abalanzarse sobre él con el puño cerrado, quité el seguro de la escopeta. Críspulo soltó la cuerda del pastor alemán y apreté el gatillo. El perro cayó muerto, con la cabeza reventada como una nuez. Corrí hacia Visitación. Estaba cubierta de sangre, no sabía si suya o del perro.

—¿Está herida?

—¡Qué va! ¡Suéltame, que voy a ahorcar a Víctor Hugo! ¡Traidor! ¡Gordo sucio! ¡Sapo! ¡Esta la pagás, maldito!

La subí a empellones en la cabina y di marcha atrás. Después de dos volantazos, me incorporé a la carretera principal. En el retrovisor, los tres hombres permanecían de pie ante el cadáver del pastor alemán.

—Conducí directo hasta Mezquite —ordenó—. ¡No ha nacido quien pueda con Visitación Salazar! ¡Patada de mula no mata caballo!

—Visitación...

—Callate, Angustias, y hacé lo que digo.

Había perdido por completo la razón.

Era día de pago en Mezquite. La gente y el dinero se movían con igual rapidez. Los vendedores ambulantes voceaban en la plaza pública y los comerciantes de la sierra despachaban sus mercancías. Aparcamos frente a la puerta del ayuntamiento, a esa hora bloqueado por una fila de hombres y mujeres que pedían a Aurelio Ortiz un puesto de trabajo, comida, medicinas. Cualquier cosa.

—Angustias, ya vuelvo.

—¡Usted no se va sola!

—¡Quedate con Candelaria!

—¿Qué va a hacer?

—Justicia, que no es poco.

—Déjese de cosas. De aquí no se mueve. —La sujeté fuerte del brazo, pero se zafó y se volvió para dirigirse al ayuntamiento.

Jairo, que había vuelto al mercado a cantar, se plantó frente a nosotras, haciendo sonar una nota en su acordeón. Visitación lo apartó de un empujón.

—¿Qué pasa? ¿Adónde va tan molesta?

—¡A cantarle las verdades al alcalde!

—Si quiere le pongo la música...

—Dejame pasar, Jairo. —Visitación soltó un manotazo—. No me hagás rabiar.

—Está bien —él alzó las manos—, pero hágale caso a Angustias: déjese acompañar.

—¡No la necesito ni a ella, ni a ti ni a nadie!

El músico avanzó hasta la pick-up y se asomó a la ventanilla.

—¡Candelaria, doña! ¡Bendición!

—Dios me lo bendiga.

Visitación lo miró, recelosa.

—¿Ya terminó de saludar?

—Vaya usted con Angustias, yo me quedo con Candelaria.

—Doña, ¿usted conoce a este sinvergüenza? —preguntó Visitación.

La anciana asintió.

—Esta mujer acaba de perder a su hijo. —Se giró hacia Jairo—. Cuidado con cualquier invento. Espéreme acá.

—Cuente con eso.

—Vos —Visitación se dirigió a mí—, acompañame.

Retiró la lona con la que cubríamos la caja. El cuerpo sin vida de Jesús quedó a la vista envuelto en su mortaja, junto a las sogas y las palas.

—¡Sujetalo de los brazos, que yo tiro de los pies!

No me atreví a llevarle la contraria.

Los hombres y las mujeres que esperaban su turno para cobrar nos rodearon.

—¿Qué hace, Visitación? ¡Usted está loca!

—¡No la llamés así! —se interpuso otro—. ¡Visitación es la única que se preocupa por los demás!

—¡Que se preocupe por sus asuntos!

—¡Nos pone a todos en peligro con ese muerto!

—¡La que anda con ella trajo la peste!

—¡Y el marido anda con los irregulares!

—¡Sí, los dos llegaron desde la sierra oriental! ¡Vete, apestada! ¡Vete de aquí!

Una voz se impuso sobre la muchedumbre.

—¡A callar todos!

Era Consuelo... o lo que quedaba de ella. Una barriga de al menos seis meses que brotaba de su cuerpo huesudo y hambreado.

—¡Todos conocemos a estas mujeres! —Nos señaló a Visitación y a mí—. ¡A todos nos han dado algo! ¡A ti —increpó a una mujer— te llevó comida! ¡A usted —espetó a otro— lo ayudó a enterrar a su mujer, y sin pedirle nada a cambio! ¿Y ahora se ponen en su contra?

—¡Devuélvete al otro lado de la sierra! ¡Malagradecida! ¿El trabajo en el botiquín también te lo consiguió Visitación?

—No es problema tuyo cómo me gano la vida —respondió Consuelo.

—¡Apestada! ¡Vete a parir a tu tierra!

La muchedumbre se nos echó encima. Visitación los apartó haciendo aspavientos con las manos. Yo la seguía, empujando la carretilla con la que trasladamos a Jesús hasta la entrada del ayuntamiento. Consuelo se pegó a mí.

—¡Atrás todos!

Cogió una pala y la blandió en el aire.

Precavidos, los propios y los forasteros se apartaron para dejarnos pasar, y los guardas de la alcaldía miraron hacia otro lado. Así nos abrimos paso hasta la oficina de Aurelio Ortiz.

Visitación empujó la puerta de un manotazo y avanzó hacia el escritorio donde el alcalde devoraba una empanada de carne mechada.

—¡Aurelio Ortiz, me has cerrado El Tercer País! —gritó, enfurecida.

—Es una medida administrativa. —Habló con la boca llena y limpiándose las manos con una servilleta arrugada.

—¡No, m'hijo! ¡Eso no es ninguna medida: es una injusticia! ¡Angustias, vení acá!

Aurelio me miró, negando con la cabeza. Empujé la carretilla y avancé hasta el escritorio del alcalde.

—¡No me obligue a llamar a la policía! —amenazó.

Jairo se apareció con Candelaria cogida del brazo. Caminaron juntos: él con el acordeón colgado sobre el pecho y ella, a su lado, dando pasitos cortos con sus alpargatas de tela negra.

—¡Angustias, ayudame! —ordenó Visitación.

Entre las dos levantamos el cuerpo y lo tendimos sobre el escritorio.

—Vos decidís, Aurelio Ortiz. ¿Qué vas a hacer con este muerto? Si no lo puedo enterrar en El Tercer País, en algún lado habrá que sepultarlo.

Con los ojos clavados en el cuerpo sin vida, el alcalde vomitó.

—¡Llévenselo de aquí ya mismo! —ordenó Aurelio Ortiz tras limpiarse la cara con un pañuelo.

—Yo no puedo moverlo, licenciado —contestó el policía.

—Si tanto miedo le da —Aurelio se dio la vuelta y señaló al otro—, que lo haga Gamboa.

—Yo tampoco voy a tocar a ese hombre.

Fuera, en el pasillo, la turba intentaba abrirse paso. Nadie quería perderse el espectáculo.

—Pues entonces saque a toda esa gente de acá. Dígales que regresen mañana, la alcaldía está cerrada.

Los municipales no se movieron.

—¡Gamboa, es para hoy! —Aurelio estaba desesperado, nadie lo obedecía.

Consuelo se removió, con ganas de ripostar.

—¡Cállate la boca! —Angustias clavó sus uñas en el brazo de la muchacha—. ¡No armes más lío del que ya hay!

Aurelio Ortiz observó el cadáver y el reguero de papeles y porquería a su alrededor. No podía escapar de su infortunio. Daba igual lo que hiciera.

—Usted gana, Visitación. Dos empleados de la alcaldía la acompañarán para abrir el cementerio, pero haga el favor de sacar a ese hombre de aquí.

Así fue como Aurelio levantó la prohibición municipal sobre El Tercer País y concedió una prórroga hasta el cierre definitivo.

En el pueblo lo llamaron cobarde. Y Aurelio Ortiz lo era, solo que por las razones equivocadas.

—¡De esta no sale vivo! ¡Venga ya mismo! —Abundio lo citó por teléfono.

Cuando llegó a la hacienda, al final de la tarde, Aurelio encontró al viejo sentado en la silla de cuero que presidía su despacho. Con una mano sostenía una escopeta y con la otra una estopa empapada de aceite con la que frotaba el arma hasta sacarle brillo.

—¡Entre, que no voy a pegarle el tiro ahora! Con suerte, y si consigue una buena explicación, se lo doy mañana. —El viejo chasqueó los dedos—. ¡Perpetua, salga de aquí! Vaya a ver si el gallo puso. Y déjeme el teléfono acá, no me gusta que ande todo el día jurungando esa cosa.

La muchacha dejó el aparato sobre el escritorio y salió sin decir palabra.

—¿Qué hace ahí, Aurelio? ¡Pase, que es para hoy!

Abundio guardó la escopeta junto a sus otras armas y le dio la espalda para servirse un güisqui. Aurelio sintió las piernas flojas y el corazón acelerado. No era capaz de distinguir si lo que sonaba eran sus dientes al chocar entre sí o los hielos al golpear el vaso.

—Se ha dejado joder por una vieja y un cadáver. —Abundio se puso teatrero—. ¿Cómo permitió que Visitación le echara un fiambre en el escritorio? Y peor aún..., ¿cómo se le ocurre ceder a sus exigencias?

Abundio se dio la vuelta y lo miró, con el güisqui en la mano.

—A este paso, la que terminará mandando será ella. —Se sentó, sin invitarlo a hacer lo mismo—. No me molesta que desobedeciera. Lo que me jode es que me haya decepcionado. —Bebió—. No me gusta la gente desleal...

Aurelio carraspeó y bajó la vista.

—¡Míreme a los ojos, carajo! ¡Sea hombre! Fui muy claro con usted: vamos a derribar y clausurar ese vertedero. ¡Prometí esos huesos a los irregulares y usted sabe cómo se ponen cuando uno incumple su palabra! ¡El Mono está pensando en hacerse unas botas nuevas con su pellejo, Aurelio! —Abundio se puso solemne—. Me ha desautorizado y yo en esas circunstancias tengo muy difícil protegerlo a usted... —dio otro trago— o a sus hijos. Y, si me apura, hasta a su mujer. —Volvió a levantarse y rellenó el vaso—. ¡Tiene ambiciones de pobre, Aurelio! —Bajó la voz—: Si en el fondo lo suyo eran las calculadoras esas con raíces cuadradas, sellar papeles, hacer números y cuadrar las cuentas a los tenderos de Cucaña.

El alcalde miró el armario lleno de escopetas y pensó, por un momento, en coger una y reventar a balazos el cuerpo de Abundio.

—Me equivoqué con usted...

Aurelio Ortiz, licenciado en administración y registrador comarcal, estaba metido en un problema de los que solo se sale descerrajándose un tiro en la sien o huyendo sin dejar rastro.

—¡De ahora en adelante, un comando guerrillero buscará su cabeza para colgarla como una guirnalda en una farola de la Interestatal! —gritó el viejo, devolviéndolo a la realidad.

Daba igual. Si no lo asesinaba el comando del Mono, el propio Abundio le tendería una emboscada de las suyas. Le mandaría al Tren del Llano o a cualquiera de esos matones con los que extorsionaba a los comerciantes de la sierra. En los pueblos de la frontera, cualquier sombra, por pequeña y fugaz, escondía a un depredador.

—Prohibir la sepultura de esos muertos no cambiará nada. —Aurelio tragó saliva.

—¿Qué ha dicho? —Abundio señaló su oreja con el índice—. Repita eso.

El alcalde se quedó en blanco.

—¡Repítalo!

—Pues que cerrar El Tercer País acabará por beneficiar a Visitación. La gente le cogerá manía a usted, no a ella.

—Usted es un soberano pendejo. ¿Cómo cree que funcionan las cosas en Mezquite? La gente nunca me ha querido, pero me temen y con eso basta. —Soltó una risotada que dejó al descubierto sus tres muelas de oro—. ¡Aquí mando yo! ¡Si usted llegó a alcalde, fue gracias a mí y a los votos que yo amañé! No porque lo quisieran...

Abundio hizo una pausa.

—¿Quién es Aurelio Ortiz y quién Alcides Abundio?

—La gente tiene derecho a enterrar a sus muertos... —contestó, en voz baja.

—Tenga cuidado, que a lo mejor la negra termina enterrándolo a usted.

Miró la hora en el reloj de la pared e hizo una seña con la mano para que saliera de su oficina.

—Dese por relevado en este y todos los asuntos que lleva para mí, incluida la alcaldía.

Aurelio retrocedió sin dar la espalda a Abundio.

—Camine normal, hombre. No voy a pegarle un tiro por detrás. Hay gente que tiene más ganas que yo. —Una sonrisa deshilachada apareció en su rostro—. Que Dios lo cuide, Aurelio. Yo ya ni puedo... ni quiero.

El alcalde atravesó los pasillos de la casona con la certeza de que sería la última vez que pisaría ese lugar. En la entrada encontró a Mercedes. Parecía exhausta. Estaba fuera de sus casillas.

—¡Carmen, ven acá ya mismo!

—Espere un momento, mamá —respondió la niña, a lo lejos.

—¡Que vengas aquí, te dije!

—Doña Mercedes, no se ponga así, solo está jugando...

—Cállese, Misericordia. ¡A mi hija la educo yo!

Aurelio corrió a esconderse detrás de una columna. Sentada sobre las raíces del chaparro, Carmen observaba a Críspulo, que en una mano sostenía un palo y un cuchillo en la otra.

—¡Aléjate de mi hija! —gritó Mercedes al peón, pero él ni levantó la mirada.

—¡Mami, Críspulo me va a hacer una flauta!

Mercedes le soltó un bofetón a la hija. Y luego otro, y otro más.

—¡No me pegues más, mamaíta! ¡Críspulo es mi amigo!

—¡Críspulo no es tu amigo!

Misericordia puso la mano sobre el hombro de la mujer.

—Doña Mercedes, ya está bien.

Ella se dio la vuelta, histérica y con el cabello hecho un lío.

—Métase en sus asuntos y a mí déjeme en los míos. —Arrastró a la niña y se perdió por el pasillo.

Críspulo terminó de dar forma a la flauta y la colocó sobre la mesa del zaguán; luego guardó el cuchillo y caminó hacia la perrera.

Aurelio Ortiz cruzó el corredor desierto que conducía hasta la puerta principal. Sobre el suelo de baldosas distinguió algo blanco y reluciente. Pensando que se trataba de un pendiente, se agachó a recogerlo.

Era un diente de leche teñido de sangre fresca.

Colgado del letrero de EL TERCER PAÍS, el pastor alemán de Críspulo Miranda se desangraba bajo el sol de mediodía. Al charco que formaba su sangre sobre la arena lo rodeaba una nube de moscas. Rociamos al perro con queroseno y le prendimos fuego. El humo tiznó el aire de un olor pesado y funesto.

Sepultamos a Jesús tras rezar un padrenuestro, no había tiempo para más. Jairo se mantuvo atrás, con el acordeón a la espalda, y Consuelo aguardaba junto a Candelaria, que murmuraba oraciones en voz muy baja, perdida en algún lugar de su ceguera.

Visitación y yo batimos la mezcla de cemento y sellamos la tumba. Librábamos una carrera contra el tiempo. Las Tolvaneras se había convertido en un gran reloj de arena que nos engullía. De ahora en adelante, las cosas solo podían menguar. Que Aurelio Ortiz hubiese dejado de ser un cobarde por una vez en su vida y postergara el cierre del cementerio tan solo nos concedía un plazo, nada más. Entre la ira de Abundio y nuestros muertos quedaba El Tercer País como la declaración de una guerra que no éramos capaces de librar.

Recogimos todo y lo guardamos en el galpón. Antes de marcharnos, cogí dos coronas de palma y las llevé donde mis hijos.

Aunque intenté acomodarlas con gracia, las encontré pobres y feas. El nicho también me lo pareció. Las tumbas nunca cambiaban de aspecto. Eran intransigentes. A su alrededor no crecía nada, ni siquiera la hierba.

Visitación tocó el claxon.

—¡Angustias, apurate, vamos tarde!

Cuando me agaché para fijar las coronas, encontré caramelos junto al nicho.

—¡Si no subís ahora mismo, te dejo! —gritó.

Recogí los dulces y corrí hasta la pick-up. Consuelo y Candelaria viajaban con Visitación en la cabina. Yo me acomodé en la caja junto al coplero.

—¡Jairo, cántese algo! —gritó Visitación antes de girar la llave.

—No estamos para fiestas, doña —contestó él, cubriéndose con la gorra.

Enfilamos hacia la carretera Nacional, a esa hora repleta de chivos hambrientos que comían de la basura. El coplero tenía mala cara. Apenas había dicho nada desde que salimos de Mezquite. Al cruzar el peaje, comenzó a hablar.

—¿Y su marido?

—Se marchó.

—Eso ya lo sé. ¿Ha vuelto a saber de él?

Negué con la cabeza.

—Muchos dicen que lo han visto.

—¿Cómo pueden reconocer a alguien con quien nunca han hablado?

Jairo se deshizo del acordeón y lo guardó debajo de una lona junto a los sacos de cemento.

—La vida no es una copla. —Me apoyé en la rueda de repuesto—. Deje de decir bobadas...

—Yo solo quiero ayudarla.

—¿Y quién le ha dicho que yo quiero ayuda? ¿Tengo cara de necesitarla? ¿Se la he pedido? ¡Pues dedíquese a cantar y déjeme en paz!

Él se acercó y bajó la voz.

—Lo han visto en varios pueblos de la sierra. También en Las Tolvaneras, hace unos días. Ese hombre la está buscando. ¿No ha notado nada raro?

—Casi nos matan hace unos días. ¿Le parece lo suficientemente raro?

—En la sierra todo el mundo habla de eso. ¿Cuántos eran?

—Muchos. No pude ver los rostros de ninguno. Solo podíamos oírlos...

—Entre ellos estaba su marido, ¿verdad?

—¿También se lo han dicho o se lo inventó usted?

—La gente se lo gritó hoy en la alcaldía. Está con ellos.

—La gente, la gente... ¡No me importa la gente! ¡Nunca ayuda, jamás se apiada!

—¿Es verdad lo que dicen, que los ahuyentaron soltándoles culebras?

—Saldrían de las tumbas...

—¿De la de sus hijos también, Angustias?

Saqué los caramelos del bolsillo y los estudié. Estaban envueltos en papel de colores.

—Angustias, ¿me está oyendo?

—Cállese ya, Jairo.

Él se tumbó de espaldas. Estiró los brazos y las piernas como una serpiente que mide a su presa antes de comérsela.

—Como haya caído entre los irregulares, su marido es hombre muerto. Los tipos como él no viven demasiado. Yo, en cambio, estoy vivo.

En Las Tolvaneras, la luna parecía más inconstante que en cualquier otro lugar de la frontera, pero esa noche brillaba como un disco blanco. Su luz bañaba el rostro moreno de Jairo.

—¿Qué pasa, Angustias? ¿Me tiene miedo? ¿O es que a usted solo le gustan sus difuntos?

—De los muertos sé qué esperar.

La caja se sacudió. La camioneta salió de la vía y se alejó de la carretera. El golpe me hizo saltar y rodar por la maleza. Tirada en la cuneta, vi un jeep alejarse a toda velocidad.

La boca me sabía a polvo y un timbrazo de dolor me recorría el cuerpo. Jairo intentó ayudarme a salir de la cuneta, pero apenas pude moverme.

—Dele agua, Jairo.

—¿Visitación? ¿Es usted?

—¿A quién esperabas, a la Virgen María?

Llevaba el pañuelo atado alrededor de la cabeza, pero sus mallas estaban rotas y arañadas.

—¿Qué pasó?

—Nos salimos de la vía. Y vos ¿qué? ¿Te duele algo?

Él me dio a beber de una botella plástica. Escupí al instante.

—¡Esto es aguardiente!

—¡Bebé! —ordenó Visitación.

El licor me abrasó la garganta, como una anestesia. Recuperé primero la movilidad de los brazos, luego la de las piernas, hasta que conseguí levantarme. Jairo me miraba atento, prevenido para atajarme. Tenía un hilo brillante sobre su frente. Bajo la luz de aquella luna, hasta la sangre parecía de metal.

—Shhhhhhh —advirtió el coplero—. Suena un motor.

—¡Tiéndanse todos —Visitación se echó al suelo—, no sea que vengan a rematarnos!

—¿Y por qué no pedimos ayuda? —preguntó Consuelo.

—¡Bajá la voz, tonta! ¡Ayudá a Candelaria!

Esperamos unos minutos, mientras oímos el motor. Cuando se alejó, nos incorporamos de nuevo.

—Ese huye —soltó Visitación—. Lleva las luces apagadas para que no podamos verlo.

La camioneta estaba atascada en la zanja a la que había ido a parar tras el volantazo. Las dos ruedas delanteras se resintieron del golpe. Una estaba rasgada por los guijarros y la otra había perdido aire. Solo teníamos una de repuesto, pero aún podíamos emprender el camino.

—Desde la cuneta vi un jeep alejarse, ¿qué pasó? —pregunté mientras ayudaba a Visitación a desmontar el neumático.

—Eran unos malparidos. Nos sacaron del camino. ¡Jairo, traeme también la llave de cruz! ¡Está junto a la rueda de repuesto!

Aunque parecía exhausta, Visitación estaba poseída por una energía aún mayor de la que habitualmente tenía. Quitó primero la taza y luego las tuercas. Tiró del neumático estropeado y lo colocó a un lado. Sus movimientos eran rápidos, y apenas me dejaba tiempo para preguntar por lo ocurrido.

—Los del jeep conducían en dirección contraria, con las luces altas. Me encandilaron y perdí el control, pero la arena nos frenó. Con la ayuda de Jairo, saqué a Candelaria primero y a Consuelo después. Tú te llevaste la peor parte. Saliste volando por los aires.

—¿Cómo eran esos hombres?

—Sostené la linterna más alto —ordenó. La última tuerca del chasis se resistía. Visitación insistió hasta hacerla ceder—. No sé. —Se secó la frente con el dorso de la mano e iluminó el chasis con la linterna antes de desviar la luz hacia mi rostro—. Estás sangrando, Angustias.

Deshizo el nudo de su pañuelo y lo arrancó de golpe. Una coleta de cabello abundante cayó hasta su cintura. Despojada de aquel trapo, Visitación parecía más joven, una mujer atractiva sepultada bajo capas de polvo y tierra.

—¿Qué me ves? —Ajustó el pañuelo con fuerza alrededor de mi frente—. ¡Dejá ya la preguntadera y ayudame!

Agachadas ante la rueda de repuesto a medio colocar, oímos una sirena. Era una ambulancia que atravesaba la carretera a toda velocidad.

—La noche está revuelta. Llévame a casa, negra —imploró Candelaria.

—Lo que usted mande, doña. —Visitación se puso en pie—. ¡Apúrate, Jairo! A este paso salimos mañana.

Él apretó las tuercas que faltaban. Mientras terminaban de apañar los tornillos, di una vuelta alrededor. A unos metros de la pick-up encontré el acordeón. Tenía el muelle roto y le faltaban algunas teclas. Jairo intentó hacerlo sonar, pero apenas salió una nota averiada.

—Da igual, ni siquiera creo que valga la pena arreglarlo...

Se echó el instrumento al hombro, silbando. Subió a la camioneta y se recostó en la caja trasera.

—Jairo..., ¿qué hacés ahí sentado? ¡Bajá ya mismo! —Visitación no paró de rezongar hasta levantarlo—. ¡Meté la rueda rota en su sitio! ¿Pretendés que eso también lo haga yo? ¡Sos un perezoso!

Permanecí, de pie, ajena al griterío. Solo entonces escuché a la pavita cantar, otra vez.

Más que iluminar las cosas, la luna las despellejaba. Aurelio Ortiz apagó el motor y bajó del jeep de la alcaldía a toda prisa. Abrió la puerta de su casa y, una vez dentro, echó doble cerrojo y buscó a su mujer. La encontró en la cama, a punto de dormir.

—Salvación, ¡nos vamos ya mismo! Busca a los niños, ¡date prisa!

Apenas tenía voz para más explicaciones, pero su mujer se las exigió.

—Hazme caso y empaca lo que puedas —imploró.

Era inútil. Ella no movería un dedo hasta que le dijera la verdad de lo que estaba pasando.

—¿No te has visto la cara? Estás pálido.

—Abundio me ha destituido. Mete lo básico en una maleta.

—¡¿Cómo que te destituyó?! —gritó su mujer, apartando las sábanas—. Sos el alcalde. La gente te eligió. ¡No podés marcharte así!

—¡En el camino te lo explico todo!

—Lo sabía, lo sabía, lo sabía —murmuró ella mientras se dirigía al cuarto de los niños.

Casi en trance y aún con el camisón de algodón puesto, sacó a sus hijos de la cama y comenzó a vestirlos sin encender la luz.

—Arturo, estese pendiente de su hermano. Él es pequeño y le da miedo la oscuridad. No llore ni grite, dé ejemplo —ordenó al mayor mientras le abotonaba el pantalón.

Del último cajón, Aurelio Ortiz extrajo una mochila llena de billetes: las propinas que Abundio le dejaba por las comisiones que cobraba en su nombre. Metió también una pistola que no sabía usar y las credenciales para saltarse las requisas y alcabalas. Tenía que ser rápido. Una vez que la noticia comenzara a rodar, esos documentos no valdrían para nada.

El llanto de su hijo mayor lo sacó de sus pensamientos. Aurelio corrió a la habitación con el dedo índice sobre los labios. Cualquier ruido los ponía aún más en peligro. El niño estaba aturdido y molesto. El bebé dormía en su cuna. De rodillas, Salvación metía un paquete de pañales en una maleta pequeña.

—Podías haber pensado todo esto antes —le reprochó, mirándolo a los ojos.

Aurelio salió aún más nervioso. Vació los bolsillos de su ropa, también las gavetas del seibó y los cajones de la alacena.

—Salvación, ¿dónde están las llaves de mi camioneta?

—Las tiene Reyes.

—¿Se las diste? —preguntó, pálido.

—Vos le pediste que llevara tu camioneta al mecánico. ¿No lo recordás?

Una nube oscura cruzó su mente.

—Mal asunto —murmuró él, en dirección al salón.

Huir era lo único que se le daba bien a Aurelio Ortiz. Aún podía recuperar tiempo y ganarle unos pasos al viejo y a sus hombres, pero tenía que hacerlo ya. Cuando su mujer cogió las cosas de los niños y él se hizo con todo el dinero en efectivo, salieron de casa.

—Si alguien nos detiene o nos requisan, coge bien a los niños y quédate callada.

En lugar de reconfortarla, sus palabras la angustiaron aún más.

—¿Por qué tenés tanto miedo, Aurelio? ¿Quién más te está buscando?

—Todos.

La cubrió con la manta, cerró la puerta del Corolla y se subió al asiento del conductor. Escondida bajo un paño grueso, Salvación maldijo el día en que había decidido casarse con el hombre más cobarde de toda la sierra.

Abandonaron el pueblo con los faros apagados y evitando Las Tolvaneras.

El mayor de sus hijos gimoteaba hecho un ovillo tras el asiento del copiloto. Salvación, con el bebé en brazos, intentó tranquilizarlo, acariciándole los cabellos.

Sonó el teléfono. Era Reyes. Aurelio silenció el aparato y se concentró en la oscuridad, lo único cierto a esas horas.

—No me van a encontrar, no me van a encontrar —repitió, con los ojos clavados en el retrovisor.

Seiscientos kilómetros lo separaban de San Fernando de las Salinas. Si lograban salir de Mezquite y llegar hasta ahí, estarían a salvo. Antes de incorporarse a la Nacional distinguió las luces de un automóvil atascado en la maleza. Apagó las suyas. Si Dios no lo había hecho valiente, que al menos lo hiciera invisible. Redujo la velocidad y miró el reloj del salpicadero. Eran las doce, la hora de los espantos.

En la sierra, la gente creía en los aparecidos. Los caminos estaban repletos de cruces, Vírgenes y pequeñas casetas de cemento con velas para recordar a los que habían muerto en un accidente, un coro de mechas menguantes en la penumbra.

Las curvas más peligrosas inspiraron espectros y leyendas: la mujer de blanco aquí, el decapitado allá, el niño fantasma o el muchacho que pedía que lo acercaran a la frontera; ese era el más temido. Decían que era el alma en pena de un joven que intentaba, una y otra vez, cruzar la parte del camino que no consiguió completar la noche en que lo arrollaron.

Así ocurrían las cosas en la sierra. Las ánimas y los vivos se mezclaban en una cortina de bruma hasta formar un pelotón de desgracias que servían para ahuyentar a los curiosos y solapar a los verdugos. Los espíritus eran útiles para todos. Ayudaban a camuflarse y facilitaban las cosas para aquellos que no querían ser vistos ni encontrados.

El miedo disuade. Eso fue lo primero que Aurelio aprendió de los hombres de Abundio. Si alguien conducía en medio de la noche, y cuanto más tarde mejor, soltaban un animal sobre el parabrisas, a veces tan solo una piedra. La sorpresa hacía perder el control al conductor, y una vez fuera de la vía, resultaba sencillo desarmarlo y someterlo.

Los quejidos y gritos atribuidos a fantasmas servían para enmascarar ajusticiamientos y palizas. Las ánimas y los espantos levantaron un gobierno del más allá en la tierra: que si la desgraciada novia vestida al pie de la carretera, o el hombre invisible que silbaba en la oscuridad. Todos aquellos inventos se convirtieron en el disfraz con el que guerrilleros, traficantes y soplones disimulaban sus fechorías. Hasta la policía echaba a correr el bulo para cubrirse las espaldas.

Aurelio no consiguió distinguir quién había volcado. Apenas vio siluetas, tres o cuatro sombras desdibujadas bajo la luz de la luna. Redujo la velocidad aún más. En tanto el cielo estuviese despejado, el resplandor le permitiría orientarse y reaccionar ante cualquier emboscada. Mientras pudiese permanecer oculto, estaría a salvo.

Quien fuese el acontecido tendría que conformarse con que Dios lo ayudara o que el verdugo, si lo había, se diese la vuelta para rematarlo. Así era la ley de la frontera, y poco podía hacer él para cambiarla. Si no lo consiguió como alcalde, mucho menos como fugitivo. Miró hacia atrás. Su mujer y sus hijos dormían bajo la manta. «Que cada quien apañe con su muerte», pensó con las manos agarradas sobre el volante.

El paisaje lucía distinto, recubierto por una losa oscura y amenazante, pero conocía el camino y eso le daba confianza. Lo había recorrido cientos de veces, la primera hacía veinte años, cuando dejó Mezquite para ir a estudiar a la capital. Ese día su padre no fue a despedirlo ofendido porque él había rechazado una plaza de maestro. Su padre aún no lo entendía y quizá nunca llegó a hacerlo, pero Aurelio no era como él. No quería enseñar ni aspiraba al respeto de nadie, solo deseaba vivir mejor: una casa grande, un cargo en el gobierno local, la protección de los poderosos o, por qué no, ser uno de ellos.

Cuando volvió con un título universitario bajo el brazo, el viejo ya había perdido la cabeza. Aguantó como pudo las embestidas que el tiempo y la vida le repartieron como cornadas: la muerte de su mujer, la viudez prematura y la educación de un niño en el que nunca vio demasiados atributos. O al menos jamás se lo hizo saber. Si cuerdo su padre nunca llegó a decirle nada bueno, mucho menos lo haría con el alzhéimer que lo empujó a vivir rodeado de fantasmas.

Mientras pasaba revista a sus propios espectros, una ambulancia cruzó rumbo a Mezquite. Solo alguien con mucho dinero podía permitirse contratarla. Con los ojos clavados en el retrovisor, Aurelio Ortiz vio las luces rojas y azules alejarse. Algo grave había ocurrido en el pueblo.

El cielo estaba limpio y desolado. La brisa apenas soplaba y la luna se expandía hambrienta en medio de la oscuridad. La cabeza me zumbaba y sentía la espalda aporreada. Me senté junto a Consuelo mientras Visitación ayudaba a Candelaria a subir a la cabina para que descansara antes de marcharnos.

—Así que volviste a Mezquite...

—Hace unos meses...

—¿Por qué no me buscaste?

Ella alzó los hombros.

—Y esa barriga ¿qué?

—¡Angustias! ¡En diez minutos nos vamos! —gritó Visitación—. ¡Dejen la habladera para después!

—¿Qué le pasa a esa señora conmigo? —Consuelo se enfurruñó—. No hace más que tratarme mal. Ni que yo le hubiese hecho algo.

—Tú la conoces y sabes que tiene su carácter.

—Nah. La he tratado lo justo, como siempre me mandaban a buscarla cuando moría alguien...

—¿Es verdad que trabajas en un botiquín?

—Ya no. El dueño era un sinvergüenza y me hacía la vida imposible.

Visitación y Jairo guardaron las herramientas en la caja.

—¡Ya está bueno de cháchara! ¡Nos vamos de aquí! ¡Vos, la preñada, subite y ayudá a Candelaria! —Visitación tenía las manos llenas de grasa—. Angustias, vos atrás, con el poeta...

Me trepé a la caja y le extendí mi mano.

—¿Puede usted solo o quiere que lo ayude?

—Vamos a pasar lo que queda del camino en paz, haga el favor —contestó, molesto.

—Lo que usted diga, Jairo.

No volvimos a dirigirnos la palabra en todo el camino.

Después de Nopales seguimos hasta Mezquite. La noche se había retirado como si el canto de los pájaros provocara el amanecer. Las calles del pueblo, desiertas y borradas de gente, tan solo las recorría una bruma de ceniza, y sobre la fachada del ayuntamiento, tres equis negras aún chorreaban goterones de pintura fresca.

—Los irregulares pasaron por acá.

Visitación señaló las pintadas con los labios, molesta. A esa hora, los tenderos solían descargar sus mercancías, pero solo encontramos puestos cerrados con las persianas bajadas. Ni siquiera el vapor del café se asomaba desde las ventanas de las cocinas.

Nadie nos abrió en el dispensario. Insistimos hasta que una mujer nos recibió sin quitar el seguro de la puerta

—¿Dónde está el médico? —Visitación no dio siquiera los buenos días.

—Viene a las ocho.

—Nos quedamos a esperarlo.

—Ese ya es asunto de ustedes. —Y cerró sin decir nada más.

Aguardamos más de una hora y media. Un moreno alto apareció con las llaves en la mano y nos indicó seguirlo. Parecía demacrado, como si no hubiese dormido.

—¿Es usted el médico? —Visitación fue la primera en hablar.

El hombre asintió, sin decir siquiera su nombre.

—Anoche tuvimos un accidente en la carretera.

—Hubo varios ayer... —contestó él, ajustándose la bata.

—¿Puede examinarla primero a ella? —Señalé a Consuelo—. Está embarazada y queremos saber si el golpe...

—Usted tiene una brecha en la frente. Es grande.

—Pero ella...

—Siéntese.

Se dio la vuelta y rebuscó en el armario.

—¡No hay hilo!

La mujer que nos había recibido antes entró al consultorio con una cubeta de agua en la mano.

—¿Qué pasa?

—¡Esto es muy poco! ¡No puedo coser puntos con esto!

—Es lo que queda.

El médico tenía la melena mal cortada y una camiseta descolorida bajo la bata. No era viejo, tampoco joven. De no ser por el estetoscopio, habría pensado que se trataba de un celador o un bedel.

—Esto va a doler.

Hundió el punzón en la piel y la perforó como si fuera un tapiz. Repitió el movimiento cuatro o cinco veces hasta juntar los trozos de piel de ambos lados de la herida. Me levanté con un costurón de hilo negro sobre la frente. La cicatriz me tiraba y escocía. Dejé la camilla libre para Consuelo, que subió a regañadientes. El médico la auscultó con lentitud, palpando sus brazos y piernas, luego el vientre.

—¿Le duele aquí? ¿Y acá? ¿Tampoco? ¿Está segura?

Quiso saber si había sentido algo tras el accidente, pero ella apenas describió mareos y molestias, vaguedades que no lo convencieron.

—Tiene tres magulladuras en las piernas. Pero no hay fractura ni hemorragia. ¿De cuánto está?

—No lo sé.

—¿La controla algún médico?

Negó con la cabeza.

—¿Ha sangrado después del golpe?

Ella alzó los hombros.

—¿Sangró o no?

Volvió a negar.

—El feto parece normal, pero no puedo asegurarlo. —Apuntó algo en los folios en blanco.

Visitación sacó su pañuelo y se limpió el sudor de la frente.

—¿Cuál es su nombre?

—Consuelo Matute.

—¿Qué edad tiene?

—Quince, los cumplí ayer.

El médico le ordenó subir a la báscula. Cincuenta kilos y un metro sesenta de estatura. Un saco de huesos cubierto por ropa sucia. Eso era esa muchacha.

—¿Tiene familia?

—Una tía en la sierra oriental.

El calor era insoportable. Después de abrir la única ventana que daba a la calle para ventilar, echó un último vistazo.

—Ya puede levantarse —indicó—. Ahora le toca a usted.

Visitación se ajustó las mallas con las dos manos y las apretó en su cintura. Dos lunas de sudor crecían bajo sus axilas.

—Extienda el brazo.

—¿Qué está pasando en este pueblo? —preguntó.

—Si habla no puedo tomar la tensión. Estese quieta.

Apretó la perilla hasta inflar el brazalete. Revisó la presión y anotó la cifra en otra hoja.

—¿No me va a contestar?

—¿A qué?

—Pues a lo que le estoy preguntando.

—Yo estoy aquí para atender a pacientes.

Visitación se dejó auscultar, disgustada.

—¿Ya puedo hablar?

—¿Ha tenido taquicardias?

—¡Qué va!

—¿Hace ejercicio?

—Bastante, sobre todo en la noche, y siempre acompañada.

—¿Camina? ¿Levanta peso?

—Todo eso junto. También fumo, bebo y bailo pegado.

El médico desató el aparato.

—No parece que esté muy en forma, tiene la tensión alta.

Rebuscó en el escritorio, cogió un talonario y garabateó indicaciones en el papel.

—Esto es para que se haga una ecografía en el hospital de Cucaña. —Extendió el volante a Consuelo—. Vaya mañana mismo.

Ella dobló el resguardo y lo metió en su mochila. Estaba cubierta de polvo y aún tenía espinas pegadas a la ropa.

—Y usted —me dijo—, póngase esto dos veces al día, después de lavar la herida con agua y jabón. Es un antiséptico.

Visitación dio un paso al frente y levantó el dedo índice, dispuesta a decir algo.

—Por mí, no queda nada más.

—Pero...

—Buenos días —zanjó el médico.

Visitación aún rumiaba improperios contra el médico. Ni siquiera la había examinado con atención, decía. No nos dirigió la palabra hasta llegar a las casetas del mercado, donde un grupo de hombres y mujeres hacían corrillo junto a los merenderos. Hablaban de una ambulancia. Que si en ella viajaba el párroco con el estómago lleno de monedas. Que si Abundio llevaba dentro a su mujer. Que si se había montado una plomazón en la hacienda.

Uno de los tenderos nos miraba, dudando si acercarse o no.

—Siento lo de Víctor Hugo.

La negra puso los ojos en blanco.

—¿Qué pasó? ¿Está preso?

El tendero se balanceó, como si quisiera dar marcha atrás.

—¡Cuente pues!

—A él y al chofer del alcalde los ajusticiaron. Ya sabe, los uniformados.

Gracias a él también supimos que Aurelio Ortiz había abandonado el pueblo con su familia. De las cruces negras en la fachada del ayuntamiento no dijo nada. Ya todos sabíamos lo que significaban.

Por mucho que disimulara, a Visitación la noticia le dejó el ánimo oscuro.

Subimos a la camioneta y nos acercamos a los talleres del mercado para buscar gasolina, pero nadie quiso vendérnosla. Ocurrió lo mismo con la comida. Que si el pollero no tenía huevos, que si el panadero no tenía cambio, que si el de las frutas había salido. Hasta el libanés nos negó tres botellas de agua.

—Para llevar sí, pero aquí no.

—¿Qué fue, libanés? ¿Ahora ya no podemos entrar?

El hombre miró a los lados y bajó la voz.

—La gente está nerviosa. Hágame caso, venga otro día.

Nos quedamos las tres de pie ante la barra, sin saber qué decir.

—¡Por su culpa, Visitación! —soltó la dueña del quiosco.

—¡Vete con tus muertos! —remató el panadero.

—No quiero líos —imploró el dueño de la taberna—. Como les sirva algo, me crucifican. Váyanse, por favor.

Al llegar a la plaza, encontramos las cuatro ruedas de la camioneta pinchadas. La guerra había comenzado.

Aurelio Ortiz se detuvo en una estación de servicio. Aún quedaban cien kilómetros de camino hasta llegar a la costa y disponía de menos de un cuarto de tanque de gasolina. Los niños tenían hambre y él sentía las vértebras destrozadas. Tras reponer combustible, aparcó junto a los puestos donde los pescadores vendían mariscos preparados con sal y limón.

Quiso llamar a Reyes desde una bodega que funcionaba como locutorio, pero se contuvo. Compró un paquete de galletas de soda, un racimo de plátanos y tres botellas de agua. Su mujer peló un poco de fruta y le dio al mayor la mitad. Bebió agua y se desabotonó la blusa para amamantar al bebé. Aurelio se sentó a su lado, dispuesto a explicárselo todo, pero ella lo cortó de golpe.

—¿Qué vamos a hacer? —preguntó, con un pecho en la mano.

—De momento, llegar a casa de tu hermana. Hemos pasado por tres alcabalas y hasta ahora han aceptado los tres nombres que he dado.

—¡Arturo, dejá eso! ¡Volvé acá ya mismo!

El mayor de sus hijos jugaba sobre unos columpios herrumbrosos. Aurelio miró el pezón oscuro de Salvación, que su otro hijo chupaba con ganas.

—¡Arturo, bajate ya mismo de ahí! —repitió.

Se tapó y, con el bebé aún en brazos, caminó hacia el parque infantil carcomido por el salitre. Arrancó a su hijo mayor del tobogán y lo arrastró tirándolo de la mano. Aurelio quiso abrazarla.

—Ni te acerqués.

Una brisa salada y tibia meció los árboles de uva de playa sembrados en los maceteros de la plaza. La cercanía del mar lo había cambiado todo: la temperatura, el paisaje y hasta la luz. A diferencia de Mezquite, a la costa no llegaban caminantes, tampoco estraperlistas ni delincuentes.

Salvación rebuscó dentro del bolso. Sacó su teléfono y, haciendo equilibrio, pulsó la pantalla con el dedo.

—¿Qué haces? —Aurelio se abalanzó sobre ella—. ¡Apaga eso!

Molesta, dejó al bebé en brazos de su marido.

—¿Podrás cuidar a los niños mientras llamo a mi hermana desde un teléfono público? ¿O para eso necesitás un asistente?

Arrancó el trapo con el que se tapaba el pecho y lo colocó sobre el hombro de Aurelio.

—¡Cogé! Si el niño llora, mecelo boca abajo, para que se quede dormido. Si sigue llorando, hacé que huela el pañuelo.

Se alejó hacia los baños públicos, moviendo las caderas.

Aurelio estaba a punto de reventar. Su rabia era mayor que su cansancio. Tenía dos días sin darse una ducha y una película de grasa le cubría el rostro. Los pantalones de lino se habían convertido en un trapo, y su carrera política también.

Sentado en un banco de metal, esperó con el bebé en brazos mientras su hijo mayor jugaba con unas cáscaras de tamarindo. Dos guajiras vestidas con batas de colores cruzaron frente a él. La mitad de su rostro estaba cubierto con pintura negra. Cuando su padre lo llevaba a la costa a comer arroz con coco, las veía cruzar la carretera. Se quedaba embobado por su belleza hosca y lejana. Iban, como ahora, cargadas de chinchorros tejidos y cestas para vender.

Se decían muchas cosas de los guajiros, que eran recelosos y desconfiados, pero Aurelio nunca creyó esos cuentos. Ellos, como el resto, se buscaban la vida. Cada cual echaba mano de lo que podía, pensó mirando a aquellas mujeres. Las encontró igual de hermosas o incluso más que en aquel tiempo, cuando su papá se empleaba en quererlo.

«Mirá, Aurelio, allá van las princesas guajiras», le decía, entre vapores de comida y el calor húmedo de la costa.

«¿Qué es un guajiro?»

«Gente que vive en la frontera, entre el mar y la tierra, el desierto y el agua. Están hechos a la suerte y a la muerte.»

El embelesamiento le duró poco. El bebé estalló en llanto hasta ponerse rojo. Aurelio le acercó el trapo, lo meció boca abajo, le dio un poco de agua, pero nada parecía tranquilizarlo. Solo entonces se dio cuenta de que nunca lo había cargado más de unos minutos.

Salvación apareció con el cabello húmedo y el rostro recién lavado.

—Hablé con mi hermana. Le avisé que en dos horas estaríamos allá. —Cogió al niño en brazos.

—¿Le contaste algo?

—Inventé que queríamos darle una sorpresa, pero no me creyó... ¡Arturo, hijo, soltá eso!

Le arrebató las vainas de tamarindo y regresó junto a su marido.

—Salvación, deja que te explique...

—No quiero saber nada. Dame las llaves.

—¿Para qué?

—Cargá vos a los niños. Conduciré yo.

Subió al Corolla, metió el embrague y arrancó el motor. Aurelio se acomodó en el asiento trasero junto a los niños. Su hijo mayor se pegó a él, con la manta en la mano.

—¿Me escondes, papá?

—Ya se acabó ese juego, Arturo. Duérmete. Cuando despiertes, iremos a bañarnos en la playa.

—¿Qué es la playa?

—Se parece a un río grande, pero salado.

Aurelio Ortiz se topó con los ojos de su mujer escrutándolo desde el retrovisor.

—Nos lo podíamos haber evitado, Aurelio —dijo, apretando los dientes.

Salvación hundió el pie en el acelerador y avanzó sin mirar atrás.

Fuera, las guajiras cruzaban hacia la bahía, cubiertas con aquella ropa de colores y los ojos rasgados sobre el rostro untado de betún. Aurelio chasqueó la lengua. Ya ni las princesas de su infancia podían salvarlo.

Sus hijas apenas la dejaron hablar. Por la sierra corrían versiones de lo que había ocurrido en la alcaldía, y aunque Visitación intentó convencerlas de que eran exageraciones, no le creyeron. Y con razón.

—¡Mamá, deje ya los líos y véngase a la casa!

—Crie a cuatro hijos y enterré a dos. No vas a venir tú a darme órdenes.

Con el pañuelo de nuevo atado a la cabeza, Visitación había recobrado el don de mando.

—Se hará lo que usted diga, mamá, pero...

—Llevame a Cucaña. Necesito cuatro ruedas nuevas, me las pincharon todas.

—¡Ha perdido el juicio! —estalló la menor.

—¡Callate, Jennifer! —ordenó su hermana, pelándole los ojos—. Oiga, mamá, la llevamos a comprar los repuestos, pero después se viene usted con nosotras unos días. ¡Dicen que mataron a Abundio!

—También que el alcalde salió huyendo —ripostó la menor.

—¡Yo a mis muertos no los dejo!

—¡Los vivos también tendremos algo que decir, mamá! ¡Qué empeño el suyo!

Se quitaban la palabra la una a la otra, como siempre.

—¡Ya está bueno! —grité.

Visitación se quedó de piedra.

—¡Se montó la gata sobre la batea! —soltó—. Y a vos ¿qué te pasa? ¿Por qué gritás?

—¿Tanto le importa el cementerio para no hacer caso a sus dos hijas?

—¡Respetá, Angustias! —me insolentó—. Ocupate de tus cosas.

—Márchese unas semanas. Hay mucha gente rara por Las Tolvaneras y la cosa se está poniendo fea.

—Eso no es nuevo —repuso, quitándole importancia—. Siempre han querido meternos miedo. Y nunca lo han conseguido.

—¡Hasta que, en lugar de miedo, le metan un tiro!

—¡Qué va a saber burro de freno! —Levantó la mano para soltarle un pescozón, pero Jennifer fue más rápida y esquivó el sopapo.

—Esta vez es distinto, Visitación —insistí—. Alguien deja cosas donde los niños. Figuras de madera y caramelos. Nunca aparece nada entre las tumbas, en ninguna, solo en la de los gemelos. No sé si es Salveiro o alguien más.

—¿El mudito? ¿Tu marido? ¡Pero si ese se fue de acá loco y enrabietado!

—Dice Jairo que lo han visto y hasta me contó que está con los irregulares.

—¿Guerrillero ese? —Soltó la carcajada—. Será en el manicomio...

—Nos lo gritaron en el pueblo, pero usted no se acuerda...

—¡Eso es puro invento!

—Escúcheme, Visitación: váyase unos días —imploré, sin demasiadas esperanzas.

—¡Haga caso, mamá! —insistieron las otras dos.

—¡Cállense, carajo! ¡Qué mujeres más cobardes! ¡Mujercitas! Eso es lo que son ustedes: unas mujeringas lloronas.

Sus hijas y yo nos miramos.

—A ver, ya que están tan asustadas, nos marchamos todas. Eso sí, con una condición: volvemos en tres días.

Asentí.

—Váyase usted con Consuelo —le dije—, yo me quedo en el cementerio.

—No soy escaparate de nadie, así que no me guardo nada. Y te lo digo así de claro: yo de esa muchachita no me fío.

Consuelo torció el gesto mientras Visitación seguía a lo suyo.

—La he visto pasar de familia en familia, se va con unos, después con otros, le cuida los hijos a mengana, luego a fulano, se arrejunta con los primos o los tíos. ¿No te montaría esa barriga uno de Cuchillo Blanco?

—Usted no me conoce y no sabe nada de mí. —Consuelo apretó los labios.

—¿Que no sé nada? Pero si te has cansado de venir a buscarme para enterrar gente. Yo a ti te tengo el ojo puesto, desde hace rato.

—Si no quiere llevarme, yo tampoco quiero ir con usted.

Visitación resopló.

—¡Angustias Romero, mirá que sos terca! ¡Con los problemas que nos puede traer esta y vos insistís! ¡No es trigo limpio, que te lo digo yo!

—Víctor Hugo, su novio, al que usted daba por bobo, nos trajo más problemas.

—No mientes muertos, Angustias... —Visitación se pasó la mano por la boca—. Mirá, Angustias, me da igual. Solo me tengo a mí misma. Eso lo llevo muy claro, desde antes que vos nacieras.

—Si usted sabe cuidarse, yo también.

Se secó la frente con el pañuelo y recitó el plan como si fuera un sargento: nos llevaría al cementerio después de comprar los recambios de los neumáticos. Se ausentaría tres días, lo suficiente para ordenar sus ideas y dar tiempo hasta que se calmaran las cosas en el pueblo.

—Al tercer día, como nuestro Señor, volveré.

Subió rezongando a la camioneta de sus hijas.

—¡Esto es una cafetera! ¡Cogé bien el volante! ¡No parecen hijas mías! ¡Qué mal conduces! ¡Endereza esa espalda, Jennifer!

Se marcharon discutiendo. Consuelo se tumbó en la cabina; al menos ahí tendría sombra mientras esperábamos a que regresaran. Saqué un cigarrillo de esos que Visitación guardaba en la guantera. Sentada en la acera, vi a Visitación y a sus hijas alejarse. Encendí el tabaco y fumé sin ganas, convencida de que el próximo entierro al que me tocaría asistir sería el mío.

Una nube de abejorros y moscardones revoloteaba sobre El Tercer País. Eran unos insectos gordos y pesados, oscuros como semillas secas de guásimo. Parecían pedruscos cubiertos de abrojo. Se enredaban en los cabellos hasta quedar atrapados en un nudo de pelo y sudor. Había que tirar con fuerza para liberarlos.

—Métete, Consuelo. Hay bichos.

—Falta barrer el porche.

—Suelta esa escoba y ponte a cubierto.

Puse a calentar agua en una olla antes de hacerme la cura. Cuando hirvió, colé café para las dos y aparté otro poco para lavar la cicatriz. La herida de la frente tiraba con fuerza.

—Mañana, cuando llegue Visitación, saldremos hacia Cucaña.

—Yo no tengo prisa. Me siento bien.

—Eso lo sabe el médico, no tú.

A lo lejos sonaba un murmullo de tormenta y el olor a tierra mojada se hacía sentir en Las Tolvaneras. Al entrar en el galpón, cerré la puerta con seguro y encendí una espiral de repelente. El olor bastaría para espantar los zancudos.

—Tómate el café. Tengo que cuidarte: aún sos la reina de Mezquite. —Reí, imitando el voseo de Visitación.

—No te sale igual... Te falta el pañuelo en la cabeza. —Remedó la postura que usaba Visitación cuando se ponía mandona.

—¿Por qué se tienen tanta manía?

—Pregúntale a ella..., «¡burra enzapatá!».

Soltamos una risotada.

A Consuelo todavía le quedaban fogonazos de la gracia que tenía cuando la conocí. Quizá entonces ya estaba electrocutada por la pena y yo aún no me había dado cuenta.

—No tengo nada contra Visitación..., pero ella sí contra mí. —Cogió la taza y se tumbó.

Lavé la herida y recorté un hilo más largo de la cuenta que el médico dejó en uno de los puntos. Parecía una antena de cucaracha. La luz no daba mucho de sí, pero al menos servía para distinguir la cicatriz... y la silueta de Consuelo, que se reflejaba en el espejo.

—¿Cómo murieron tus papás? —Quedaba poco alcohol, suficiente para empapar una gasa.

—Se ahogaron mientras intentaban cruzar el Cumboto.

Dejé el frasco junto al antiséptico.

—Antes te acompañaba un tipo faltón, el que te seguía a todas partes.

—Era el tío de la última familia con la que viví.

—¿Con cuántas más estuviste? —Los puntos parecían remaches, la frente me iba a quedar como un guiñapo.

—Cinco.

—¿Por qué tantas?

—Después de la muerte de mis papás, me pegué a cuanto grupo encontré. Era más seguro que moverse sola. Me dejaban acompañarlos a cambio de que cuidara a sus hijos, cargara el peso y las bolsas, o fuera a buscar algo.

—Una cosa es andar en grupo... —apreté el algodón enchumbado de alcohol contra la herida— y otra con un energúmeno como aquel... ¡Ayyyyy!

—¿Te arde?

—¡No! ¡Me quejo porque me gusta! Pero no te afanes, para una vez que me cuentas algo...

—Déjame que te ayude...

—Puedo sola.

Al abrir el bote de antiséptico, resbaló la paletita de plástico.

—Y entonces, ¿qué pasó?

—Lo de siempre. En todas las familias había un tocón o un abusador, pero este era distinto. Me buscaba todo el rato. En los albergues se pegaba a mí, me respiraba en la nuca. Se arrimaba, todo el tiempo.

—Y tú, tan bien mandada, ¿te dejaste? —Costó encajar la paletita otra vez en la tapa.

—Amenazó con denunciarme si no me acostaba con él.

Di unos toquecitos de ungüento sobre los puntos. El ardor era insoportable.

—Déjame a mí. Cuando te lo aplica alguien, pasa rápido y duele menos.

Asentí.

—Al comienzo... —Mojó los puntos con el resto del antiséptico—. ¿Te duele?

—Sigue, sigue. Así acabamos antes. ¿Y qué pasó entonces con él?

—Pues qué más. Tuve que hacerlo... Al comienzo no era tanto, pero luego él quería hacerlo siempre.

—¿Lo hiciste así, en pelo? ¿Sin condón ni nada? —Se hizo la sorda mientras me curaba el último punto—. ¿Cómo se llama?

—Ramiro...

—¿Ramiro qué?

—¿Así está bien o te aplico más de esto?

—Ya está bien. —Recogí los algodones—. Vuelvo ahora. Voy a quemar esto y a apagar la planta eléctrica.

Una nube cubrió por completo el cielo. No la empujaba solo el agua o el aire, sino algo más grande y sin propósito. El viento no da razones y por eso nadie le pide una explicación, ¿por qué tenía yo que pedírsela a Consuelo? Si llegué hasta aquí por un motivo, cada quien tendría los suyos. El fin del mundo no tenía un lugar fijo, ni era el mismo para todos los que huíamos de él.

Consuelo se había hecho a esa vida como había podido, o eso explicó. También dijo que no tenía hermanos y que hasta cruzar la frontera su papá y su mamá habían vivido de vender mercancías en un local de la calle principal de Cocuyo, la última ciudad de la sierra oriental.

—Yo a veces ayudaba, pero no les gustaba que estuviese en la tienda...

Se llevó las manos al vientre, como si tuviera miedo de que su tripa echara a correr y se le escapara del cuerpo.

—Los irregulares cada vez secuestraban y mataban más. Mis papás ya no podían importar cosas para vender, y cuando las conseguían, la gente no las compraba. Al final llegó la peste y lo empeoró todo.

El repelente se había consumido. En el suelo quedaron apenas puñitos de cenizas junto a la botella donde encajé la espiral.

—Mi papá insistió en evitar los controles y seguir por los atajos y las quebradas clandestinas. Era peligroso y él lo sabía.

El agua reventó en dos la cuerda de la que se sujetaban para llegar a la otra orilla del paso de Marraneros, el primer cruce del Cumboto con la frontera. A pesar de la lluvia, su padre se empeñó.

—Era peligroso y él lo sabía —repitió.

La corriente la devolvió al margen del que venían, pero a sus padres los arrastró en segundos.

—Los troncos y las piedras que bajaban los empujaron río abajo. Yo lo vi, pero ya no podía hacer nada. —Bebió el café—. Protección Civil me encontró al día siguiente. Pero era una senda ilegal y yo había perdido mis papeles, así que me llevaron a la policía.

Consuelo hablaba como si aquello le hubiese pasado a otra persona, o acaso había dejado de importarle de tanto repetirlo en su cabeza. Declaró ante los guardias fronterizos, que la llevaron a las carpas donde otros buscaban a sus familiares. Sus tíos, los que la recibirían a ella y a sus padres al otro lado, murieron secuestrados, le dijeron antes de pasarla a un albergue de menores.

—No aguanté más de un año. Escapé y me busqué la vida en los albergues normales; al menos ahí encontré a otros que intentaban cruzar.

Los siguió de pueblo en pueblo.

—Dos veces me dejaron tirada. Hacían lo mismo con los ancianos: los abandonaban en algún campamento y seguían su camino.

Su taza estaba vacía.

—¿Y qué pasó con la última familia, la del tal Ramiro?

—Era un grupo grande, diez o doce, pero la mitad se ahogó intentando cruzar el paso del río. Ramiro se volvió mandón y empezaron los problemas. Haz esto, haz lo otro, carga esto, carga aquello. Cuanto más bebía, peor se ponía.

—¿Por qué no denunciaste? Visitación podría haberte ayudado.

—¿Qué iba a pedirle? No tenía papeles. De haber dicho algo, me habrían mandado otra vez a un retén. Cuando le conté que no me bajaba la regla, Ramiro dijo que lo estaba robando, que me acostaba con otros a escondidas... Con el dinero que me dejaste, compré un pasaje hasta Mezquite. Conseguí trabajo limpiando los baños de los botiquines. Al menos me dejaban dormir en los almacenes.

Un golpe sacudió la puerta del galpón. Cogí el machete y me llevé el dedo índice a los labios. Esperamos unos minutos en silencio.

—Shhhhh —bajé la voz—, no te muevas.

Me asomé a la ventana, pero no vi a nadie. Al abrir encontré una maraña de moscardones retorciéndose sobre el cemento. Cargué la escopeta.

—Coge esto. —Le dejé el machete—. Si oyes algo raro, escóndete en ese respiradero, debajo de la batea.

—Voy contigo.

—¡Haz caso! —Abrí la tranquilla—. ¡Métete! —Pero no me hizo caso.

No encontré nada distinto, el mismo viento y la misma plaga. Avancé hasta la tumba de Higinio y Salustio. Todo parecía tranquilo. Volví al galpón sin hacer ruido. Cerré la puerta con seguro y me tumbé junto a Consuelo, con el machete y la escopeta cerquita, a cada lado del jergón. Un relámpago sacudió la noche. Antes de que sonara el trueno, unas gotas gruesas chocaron contra el techo de zinc.

—¿Hay alguien? —me preguntó.

—Nadie. Es la tormenta. —Otro rayo descargó en el cielo—. No me has contestado —insistí—. ¿Cuál era el nombre completo del hombre ese?

—Ramiro...

—¿Y qué más?

—Ramiro Nasario, también es de la sierra oriental...

La lluvia golpeó con fuerza.

—¿Está vivo?

—Espero que no. Ojalá se lo hubiese llevado la corriente a él también. Entonces no tendría yo este problema.

Volvió a sobarse la barriga.

—Los de la sierra oriental siempre traemos problemas... —murmuré.

—¿Le vas a contar todo a Visitación?

—Duérmete, mañana será otro día.

Fuera el ventarrón azotaba y el agua anegaba la arena hasta formar charcos.

Caminé hacia la ventana y aseguré los mosquiteros. Mientras apretaba la malla con el alicate distinguí una silueta negra, la sombra de un hombre que se alejaba en medio de la tormenta.

Aurelio guardó una parte del dinero y con el resto abrió una cuenta a nombre de su mujer. Se instalaron en la casa familiar donde Salvación había crecido, una parcela grande situada junto a la playa. San Fernando era un lugar seguro, pero se cuidó de que los vieran por el pueblo. Su cuñada tenía la mosca detrás de la oreja, y él no encontraba cómo justificar su presencia tanto tiempo.

Todos los días se acercaba a la playa con su hijo mayor para pescar guacucos, unas almejitas pobres que la corriente escupía en la orilla. Echaban la mañana entera recogiéndolos con las rodillas enterradas en la arena. Arturo se lo tomaba tan en serio que hasta se olvidaba preguntar cuándo volverían o por qué su mamá andaba tan enfurruñada. A la vuelta los lavaban bajo el chorro de agua para cocerlos en una sartén hasta que el calor del teflón los abriera.

—¡Este es malo! —gritaba su hijo.

—No son malos, Arturo. Si no abre, no sirve para comer. Eso es todo.

—Por eso... ¡Son malos!

—Están malos, pero no son malos.

Su cuñada, que tendía la ropa en el patio, los oía discutir.

—Tu hijo tiene razón. Con los guacucos ocurre como con la gente: unos sirven y otros no, pero a las personas no hace falta meterlas en una olla caliente para comprobarlo, ¿verdad, Aurelio?

No solo ella lo trataba como a un intruso. Su mujer apenas lo miraba. El enfado los separaba hasta en la cama. El bebé dormía en una cuna pequeña, y el mayor, encajado como un muro entre los dos. Las noches transcurrían lentas. Los zancudos y el calor no dejaban pegar ojo a Aurelio, y cuando lo conseguía, se levantaba sobresaltado.

Lo obsesionaban la imagen del hombre muerto sobre su escritorio y el sonido de la ambulancia rumbo al pueblo. Visitación y Angustias también rondaban sus desvelos. Pensó en encender su viejo teléfono, pero se contuvo. Temió que pudiesen rastrearlo. Abundio era capaz de cualquier cosa.

A la costa no llegaban noticias de la sierra y en las dos o tres tiendas del pueblo apenas vendían los periódicos nacionales. El internet era lento, pero ni cuando funcionaba conseguía leer noticias en las páginas de los diarios locales.

Después de darle muchas vueltas, se presentó donde el mecánico del pueblo. Un taller al que acudían los pescadores para reparar los motores de las lanchas pesqueras. En la puerta del local vio aparcada una ranchera grande, con capacidad para guardar cosas y unas ruedas buenas para atravesar cualquier camino.

El dueño se rehusó a mirar el Corolla, poniendo como excusa que él solo reparaba peñeros. Aurelio colocó cinco billetes de quinientos sobre el mostrador.

—Si además de revisar la máquina y los frenos me presta su ranchera unos días, le dejo doscientos más.

—¿El Corolla es suyo? —preguntó el hombre.

—Los documentos de propiedad están en la guantera, puede revisarlos. Su ranchera también es legal, ¿no?

Asintió.

—En la costa somos gente decente y pensamos que los demás también lo son.

—Hace bien —contestó Aurelio, incómodo.

Después de contar la plata, el hombre sacó un talonario, apuntó el total y extendió la hoja a Aurelio, que usó el apellido de su mujer y firmó luego con un garabato. Para cubrirse las espaldas, dejó un billete de quinientos que no figuraría en el papel.

—Quédese el Corolla en prenda, por si me tardo un poco.

—Yo nunca lo he visto por aquí.

—Soy cuñado de los Rodríguez. Viven al lado.

El mecánico no terminaba de fiarse, pero los billetes parecieron suficientes para disuadirlo. Aurelio volvió a casa conduciendo la ranchera. Su mujer no le había dirigido la palabra en toda la mañana, pero al verlo empezó con sus preguntas: «¿De quién es esa pick-up?», «¿Adónde vas?», «¿No pensarás dejarnos aquí tirados?», «¡Explícame, tengo derecho a saber!».

Él guardó silencio.

—¡Contestá, Aurelio!

—Si por una emergencia necesitas el Corolla, ve a buscarlo donde el mecánico, dile que eres mi mujer. Él sabrá qué hacer.

—No te hagás el sordo. ¡Me has escuchado bien, así que contestá!

—Llámame si ocurre algo grave. Usa el teléfono nuevo, pero solo si es algo urgente.

—¿Qué vas a hacer? —insistió.

—Una vez que me haya ido, cuéntale a tu hermana lo que pasó en Mezquite. No des muchos detalles. Y si alguien pregunta por mí, hazte la loca y no te dejes ver.

—¿Vas a volver?

Ni siquiera Aurelio estaba seguro de la respuesta.

—Di a mi cuñada que me llevé ropa de su marido —contestó.

Le dio un beso en la mejilla y salió de la casa sin hacer ruido. Cuando abrió la ranchera, sintió que lo llamaban. Era su hijo Arturo. Lo esperaba en la puerta con una cubeta de metal entre las manos.

Visitación trajo pan dulce y leche para desayunar. Llegó al galpón trepada sobre unas sandalias por las que asomaban sus uñas pintadas con esmalte color nácar.

Tenía los pies cubiertos de barro. La tormenta lo había anegado todo.

Después de comer el pan mojado en café con leche, salimos hacia Cucaña. El aire frío de la madrugada nos hizo espabilar. Visitación encendió la radio y fue cambiando de emisora hasta dar con la que más le gustaba. La dejó un buen rato, y no tardó en ponerse a cantar:

> *Que te perdone, ¿yo?*
> *¿Que te perdone?*
> *Como si fuera un santo cachón.*
> *Mira mi cara, ve:*
> *yo soy un hombre.*
> *Y no hay que andar repartiendo perdón.*
> *Ajuíciate, mama, busca el juicio.*
> *Busca el juicio, muchacha, ¡ajuíciate!*
> *Yo me iba a casar contigo, por poco meto la pata.*
> *Y ahora no puedo ni verte, ¡esto es un disparate!*

Una cagarruta de pájaro contra el vidrio.

—¡Ayyyyyyyyy, paloma hija'e puta! —Rio—. Si hasta el Espíritu Santo viaja con nosotras. ¡Mirá, Angustias! ¡Es una bendición!

Encendió los limpiaparabrisas mientras Consuelo murmuraba un avemaría.

Ni mi madre sorda ni mi padre viudo debieron de creer demasiado en Dios o la fiesta: pienso poco en el primero, y cuando lo hago es para reprocharle cosas; lo otro me importa bastante menos, pero lo soporto mejor que los rezos.

Nada más llegar a Cucaña, me esperé lo peor: que alguien nos descerrajara un tiro o que Consuelo se topara con el tal Ramiro. A fin de cuentas, la ciudad no era demasiado grande. Aparcamos junto a unos contenedores grandes. Ahí nadie vería la camioneta y podíamos pasar desapercibidas entre los furgones de basura y las chiveras de los buhoneros.

Una fila de personas aguardaba su turno para entrar al hospital. Después de dos horas, al fin pudimos entregar el justificante en el mostrador de información. Subimos a la planta de las ecografías y esperamos hasta que nos llamaran. Todo demoraba una eternidad en aquel lugar repleto de mujeres que venían a parir desde la sierra oriental.

Cuando gritaron su nombre, Consuelo se puso en pie de un respingo. Una enfermera se acercó hasta nosotras.

—¿Es usted su mamá?

—¡Dios me libre! —Ni en esas Visitación bajaba la guardia—. La mamá es ella.

Me levanté yo también.

—Ahora no. Espere a que la llame. Tú, ven conmigo.

Consuelo avanzó arrastrando los pies, como si una baba le pegara los zapatos al suelo.

—Te preocupás demasiado. A esa no hace falta que la cuiden, sabe más que tú y yo juntas.

—Ya está bien, doña. Deje de reñir.

Pasaron tres mujeres más. Tenían el rostro hambreado y los ojos hundidos y estaban tan delgadas que el vientre parecía un almohadón escondido bajo los huesos, como si sus hijos las devoraran por dentro.

Visitación, que no soportaba el silencio, comenzó a hablar de lo que se decía en Mezquite.

—La casa de Abundio tiene un crespón negro en la puerta.

—¿Estuviste allá?

—¡¿Cómo me voy a aparecer allá, si los irregulares entraron a balazos en la hacienda?! Te cuento lo que repiten por ahí.

—¿Y a quién mataron?

—No tengo claro si a Abundio, a su mujer o a la hija. Nadie los ha visto desde hace dos días.

—¿Y Críspulo?

—Seguro está escondido, todo bicho malo es cobarde. —Visitación se revolvió en la silla—. Lo que dijo el tendero era cierto: también Aurelio desapareció. Se llevó a su familia y cerró la casa. Ni siquiera recogió su despacho en la alcaldía.

Una sensación desagradable me recorrió el cuerpo. Las cosas no estaban bien, eso ya lo sabíamos. El asunto era cuánto más podían empeorar.

—¿Ha vuelto a su casa de Mezquite?

Ella negó con la cabeza.

—¡Como para volver! Los irregulares andan sueltos y alborotados. Si ya mataron a Reyes y a Víctor Hugo, a mí me harán picadillo. —Bajó la voz—: ¡Así trabaja esa gente!

Un médico cruzó el pasillo. Me incorporé, pero el hombre siguió de largo.

—¿Y cómo supiste lo de Abundio y la alcaldía? —No me interesaba, pero al menos así conseguiría hacer tiempo y rellenar la espera con cháchara.

—Me lo contó Jairo.

Las dos clavamos los ojos en un cartel con instrucciones para guardar silencio.

—Anoche vino un hombre al cementerio.

—¿Qué quería?

—No lo sé. Dio una vuelta y se marchó.

—Ya vas a empezar otra vez. ¿De verdad pensás que el mudito es guerrillero y quiere hacernos algo? No tiene por qué ser él...

—¿Se acuerda del día de los irregulares?

—¿Qué sabés? No se veía nada.

—Había uno de la sierra oriental. El que entraba todo el rato...

—Podría haber sido cualquiera. Ni que tu marido fuera el único que ha cruzado la frontera.

—¿Y los juguetes y los caramelos? ¿Y las figuritas talladas? A él se le daba muy bien la madera.

—Pudo haberlos dejado y no por eso ser guerrillero. ¿Y si trabaja con los cabreros y los pastores que queman basura?

Otra embarazada pasó frente a nosotras. Tenía los tobillos hinchados y el rostro exhausto.

—¿Volverá a El Tercer País? —pregunté para cambiar de tema.

—¿Y dónde más querés que esté?

—Con su familia y sus nietos. Ahí está más segura.

—¿Y mis muertos qué?

—Seguirán en sus tumbas, Visitación. Nunca saldrán de ellas.

Un bebé con aspecto de legumbre flotaba en el centro del monitor. Tenía los ojos y los puños cerrados. Nadaba envuelto en un saco de agua, tan a gusto en su cueva de sangre y carne. Consuelo ni lo miró, como si aquella vida no fuese también suya.

Me aparté para dejar pasar al médico, un hombre alto y joven.

— ¿Es usted su mamá? —Asentí—. El feto está bien, ahora lo veremos con más detalle. Acérquese. —Frotó la sonda sobre el vientre—. Saldrá de cuentas en una semana. Ella parece tenerlo todo claro, porque no ha preguntado nada. —Se ajustó los guantes—. Y usted, ¿quiere saber algo?

—He venido a acompañarla.

El médico disipó el silencio con algunas indicaciones: alimentación, rutinas de respiración y hábitos del sueño.

—¿Dónde darás a luz, aquí o en la sierra oriental? —El médico intentaba parecer cercano.

Y ni así Consuelo contestó. Entonces me di cuenta de que el tiempo se nos echaba encima.

—En Mezquite no hay más que un dispensario —continuó el doctor—. ¿Sabes que puedes dar a luz en cualquier hospital de la sierra? Aquí mismo te recibirán. Solo tienes que presentar un documento de identidad.

—Si es tan fácil, ¿por qué hay tantas mujeres esperando fuera? —Fue su única pregunta.

—No todas acuden para lo mismo —terció—. Algunas, como tú, vienen a la ecografía. Otras a control. Muchas a dar a luz, pero no todas.

El bebé parecía más grande en la pantalla. Obsesionada con los muertos, yo misma había olvidado el tiempo que se toma la vida para salir al mundo.

—¿Seguro estás bien, Consuelo? —insistió el médico—. Además del accidente en la carretera, ¿hay algo más? ¿Una afección física o anímica? ¿Duermes bien, comes con regularidad? ¿Tomaste alguna medicación antes del embarazo?

—Siempre he sido muy sana —zanjó ella.

—Pues bien. Si ustedes no tienen ninguna duda, hemos terminado.

—Yo sí tengo una pregunta... —interrumpí—. Quiero saber el sexo del bebé.

Consuelo giró la cabeza hacia el médico.

—Es una niña.

Una voz llamó desde el pasillo. El ginecólogo salió del consultorio y volvió a los pocos minutos, con un papel en la mano.

—¿Cómo la llamarás? Consuelo es un bonito nombre. —Al ver que ella no estaba dispuesta a contestar, él revisó y guardó el ultrasonido en un sobre, apuntó la fecha en el reverso y garabateó un teléfono junto al membrete del hospital—. Este es mi número, llámenme si pasa algo.

Consuelo se limpió con un papel desechable y salió del consultorio sin despedirse.

Visitación los observaba asomada al cristal. La sala de recién nacidos era una habitación luminosa cubierta con baldosas blancas de la que las enfermeras entraban y salían con criaturas en brazos. Dentro, los bebés dormían envueltos en cobijas de colores, cubiertos con guantes y patucos de algodón. Todos tenían la piel enrojecida y los ojos cerrados, ese aspecto estrujado que les queda a los niños tras forcejear para salir al mundo.

—¿Qué pasa? Parece que venís de un velorio.

Consuelo ni siquiera miró a los niños y siguió hacia las escaleras.

—Dele tiempo hasta que se le pase la emoción.

—Muy contenta no la veo.

—Déjela ya. No para de regañarla.

—¡Pero si solo quería saber cómo le había ido, malagradecida! ¡Ya mismo le voy a cantar las cuarenta!

La cogí por el brazo, pero se zafó.

—¡Soltame, bruta!

—¡Baje la voz, Visitación! ¿No se puede callar ni una vez?

—¿Y qué he dicho...? ¡Pues la verdad! ¡Muchas ganas de parir no tiene!

—Usted no entiende nada.

—Entiendo más que vos y por eso lo digo.

Dos médicos nos miraron de reojo.

—Ni ella ni ese niño son familia tuya —cuchicheó—. Si ella quiere tirar a esa criatura a un basurero, no vas a ser vos quien lo impida.

—No la soporta, eso lo tengo claro. —Cogí aire—. A veces pienso que usted prefiere a sus muertos porque le dan la razón. Es eso, ¿verdad?

Visitación avanzó hecha una furia. No la seguí. Si tanto afán tenían ella y Consuelo, que se fueran. Una a su cementerio y la otra a donde le diera la gana.

El cambio de guardia de las enfermeras había convertido el pasillo en un tumulto de risas, chanzas, retazos de conversaciones que flotaban en el aire. Miré a los bebés; hasta podía oler su piel tibia. Me pregunté cuáles de esas criaturas vivirían y cuáles no. Las que consiguieran salir adelante cambiarían de talla y aspecto: más o menos altos; gordos unos, flacos otros; niñas o niños. Y aunque cada uno eligiese su camino, serían siempre los hijos de alguien más. Acabarían por tomar distancia y olvidarían de la misma forma en que serían olvidados.

Aurelio Ortiz hizo la señal de la santa cruz y besó el cañón de su automática. Si en la sierra los sicarios rogaban a la Virgen destreza, por qué no podía él pedir un milagro para su puntería. Como no estaba seguro del resultado de sus oraciones, decidió llevarse también el bate.

Dos pastores alemanes ladraban atados a un poste. Olía a gasolina y un rumor de transistor y música evangélica se alzaba sobre el sonido de las chicharras. Quizá todos habían muerto y aquello era un coro de fantasmas. Las jaulas de la perrera estaban vacías y abiertas de par en par. En el cobertizo se amontonaban las herramientas, bidones y cajas precintadas de fertilizante.

Se asomó al canal, pero solo vio larvas a las que la corriente arrastraba río abajo. Una pluma de zamuro cubierta de tierra cayó a sus pies; la apartó con la punta del zapato. Las chimeneas de la fábrica de pienso expulsaban una columna de humo blanco, como de horno crematorio. Apestaba a mierda de pájaro y cagarruta reseca, pero ni rastro de los gallos de pelea de Abundio. Los americanos y los malayos habían desaparecido; también los criollos. Apenas unas pelusillas flotaban dentro del gallinero invadido por las torcazas salvajes.

En las gasolineras de la sierra comentaban cosas: que Abundio había muerto, que los irregulares andaban sin líder y actuaban a sus anchas. Pero de Críspulo nadie decía nada, o al menos él no lo había oído. El indio era el colaborador más fiel del viejo. Si no estaba muerto, ¿dónde se había metido?

Caminó con pasos cortos, procurando no hacer demasiado ruido, pero un hoyo lo hizo resbalar y caer sobre el pie izquierdo. Tendido en el suelo, doliéndose del esguince, oyó un gruñido. Empuñó la nueve milímetros con ambas manos. Dos dóberman negros se acercaron mostrando los dientes cubiertos de sarro y babas. De sus cuellos colgaban unas cadenas rotas que se arrastraban sobre la tierra.

Aurelio rezó de memoria la oración que las monjas de Mezquite le enseñaron en el colegio.

—Por la señal de la santa cruz, de nuestros enemigos...

Deslizó el seguro de la automática.

—... líbranos, Señor, Dios nuestro.

Los pastores atados al poste ladraron con más fuerza.

—En el nombre del Padre, del Hijo y del Espíritu Santo...

Grrrrrr. Grrrrr. Grrrrr.

El aire estaba impregnado del aliento de aquellas malas bestias.

Grrrr. Grrrr.

Apretó el gatillo.

Grrrr. Grrrr.

El arma despidió un sonido hueco de juguete. El cargador estaba vacío. Convertido en una presa fácil y congelado por el miedo, aguardó resignado, con la única intención de defenderse a garrotazos.

—Por la señal de la santa cruz, de nuestros enemigos, líbranos, Señor, Dios nuestro... —recitó, abrazado a un bate de metal.

Una Kawasaki se acercó desde la carretera. Al oírla, los dóberman echaron a correr hacia el portón. Él aprovechó para huir hacia la ranchera. Una vez dentro, cargó la automática con una cacerina nueva. Críspulo bajó de la moto. Con el dedo encajado en el gatillo, Aurelio dudó entre dispararle o volarse los sesos.

—Por la señal de la santa cruz, de nuestros enemigos, líbranos, Señor, Dios nuestro...

Ya estaba hablado. Los forenses de Cucaña me ayudarían cuando Consuelo se pusiera de parto, a cambio de que me ocupara del cuerpo de una mujer de ochenta años a la que nadie se había presentado a recoger después de tres meses. Pasaba a menudo. Recibían más cadáveres de los que eran capaces de congelar, casi todos ancianos a los que sus familias abandonaban en mitad de la frontera por temor a ser deportados si los reclamaban.

La anciana apenas pesaba y no exigía demasiado empeño. Le faltaban los dedos de las manos. Se los habían cortado para tomarle las huellas. El vientre mostraba una herida vertical: la raja desteñida de la que saldrían los hijos que la abandonaron en el camino. La piel sin color dejaba a la vista los huesos de un organismo menguado y desnutrido, ya rígido y extinto, como las promesas cuando nadie las cumple.

—¿Quién eres? ¿Quién te olvidó?

De su boca oscura no salió ni una palabra. Junté las falanges amputadas y las guardé envueltas en una sábana.

Visitación me autorizó para traerla hasta aquí. Fue ella quien reforzó el único nicho libre. Lo hizo silbando y cantando sus coplas. Tenía miedo. La guerra de los irregulares había perdido lógica. Mataban sin orden ni razón. Estábamos a merced de cualquiera. Ya ni los habitantes de Mezquite nos protegían. De ser cierta la muerte de Abundio, los irregulares vendrían pronto a terminar el trabajo que el viejo había incumplido. Cuando eso ocurriera, ¿quién nos enterraría a nosotras?

Visitación entró sin llamar.

—¿Quiere ver cómo quedó? —pregunté.

—No es necesario. Sabés de sobra cómo se hace.

Después de rezar un padrenuestro, sellamos y frisamos los bordes de la tumba. Como no sabíamos el nombre ni la fecha de nacimiento, tampoco el día exacto de la muerte, inscribimos la placa con el día, mes y el año de la sepultura. No teníamos nada más.

—Uno más sin nombre. —Visitación suspiró—. Cada día son más.

—Si no pensaron en ella en vida, no lo harán ahora que está muerta.

—Te equivocás. Allá donde estén, quienes la abandonaron sufrirán una doble pena: la que sintieron al dejarla y la que crecerá cuando entiendan lo que han hecho.

Enderezó la cruz de mezquite de la tumba, encendió uno de sus cigarros y aspiró con fuerza.

—Vos tampoco querías enterrar a tus hijos en una caja de cartón. No siempre se puede elegir. —Expulsó el humo por la nariz—. Recogé las cosas, Angustias. Se nos echa la mañana encima.

Volvimos juntas al galpón. El sol apretaba como un reproche y un viento de ceniza azotaba los árboles del cementerio. Me pareció que Las Tolvaneras habían dejado de existir y que yo misma ignoraba las razones por las que aún continuaba allí. El tiempo se había detenido dentro de los relojes hasta endurecer también los minutos.

—Oí hablar de tu marido ayer. —Visitación seguía fumando—. ¿Has vuelto a ver algo extraño? —Negué con la cabeza—. Mantené los ojos abiertos, por si acaso.

—¿Usted sabe algo nuevo?

—La gente habla, solo eso...

—¡Visitación, mire!

Tiré la pala al suelo y eché a correr, dando voces.

—Angustias, ¡pará! ¿Adónde vas?

Una serpiente verde había saltado entre los dos árboles de dividí bajo los que Consuelo barría hojas secas.

—¡Fuera de ahí! —No me hizo caso—. ¡Que te quites!

Me miró como si estuviese loca.

—¡Una serpiente acaba de pasar sobre tu cabeza! ¡Muévete, chica! ¿Quieres que te muerda?

—Ahí solo hay nubes, Angustias. Te estás volviendo loca. —Y siguió barriendo.

—¡No es una nube, bruta! ¡Es una verdigalla! —rezongó Visitación—. Son pequeñas y siempre buscan un lugar tibio donde poner sus huevos. La niña esta, que se la pasa de matorral en matorral, seguro sabe cuáles son.

—No he visto ninguna antes. —Consuelo alzó la vista, con la escoba aún entre las manos.

Visitación señaló con el índice.

—Pues date la vuelta... Ahí tenés una que anda buscando nido y parece que lo encontró. No hay nada más calientico que una embarazada.

La serpiente se descolgó de la rama. Incrustados en su cabeza con forma de triángulo, dos ojos negros brillaron como canutillos sobre la piel esmeralda.

Críspulo Miranda arrojó el machete. Estaba pálido y sus ojos habían perdido el color bilioso de antaño. Aquel hombre era el despojo del que había conocido. Estaba aún más delgado y las cuencas hundidas devoraban su rostro.

—¡Si lo ve, allá, donde las ánimas, dígale a Abundio que yo quise salvarlo! ¡Dígaselo! —gritó.

El viento hizo caer varios mangos de la mata, que en esa época del año estaba preñada de frutos. Hasta las avispas parecían alborotadas. El indio se arrodilló desconsolado junto a sus perros. Aurelio se acercó unos pasos.

—Críspulo, no estoy muerto.

—¡No me lleve!

—Que estoy vivo, hombre. ¡No soy un espanto! ¿No lo ves?

—Eso dicen los aparecidos cuando vienen a halarle a uno de las patas.

—¿Dónde está Abundio? —preguntó Aurelio.

—En el fondo del río, con las pirañas...

—¿Qué pasó?

—Él la estaba persiguiendo y ella lo tiró al agua... —El relato de Críspulo era confuso y febril.

—¿Quién es ella? ¿De qué hablas?

—Yo le cuento lo que quiera, pero no me lleve.

La noche en que los irregulares tomaron Mezquite, el Mono se presentó con los suyos en la finca de Abundio para reclamar los terrenos de Las Tolvaneras.

—Si ellos tenían pistolas, nosotros también. —Ahora Críspulo sonreía—. Don Abundio sacó la escopeta, pero falló el tiro y el Mono le devolvió un balazo en el brazo. Los nuestros sacaron sus hierros y empezó la balacera. Los perros tenían tres días sin comer. Estaban hambrientos... —Críspulo besó a los dóberman—. Roco y Azufre no les dejaron a los hombres del Mono ni siquiera labios para reírse. Solo uno se escapó vivo. Mejor..., para que lo contara todo.

—¿Quién más estuvo esa noche?

—Doña Mercedes y la niña...

Al oír los disparos, la mujer de Abundio corrió al despacho. Cuando entró, uno de los animales mordisqueaba lo que había quedado del rostro del Mono. Empezó a gritar y sus alaridos desataron la furia de su marido.

Aurelio conocía lo suficiente a Alcides Abundio para imaginar lo que había ocurrido. Fallar el tiro contra el Mono lo enloqueció de ira, y los gritos de Mercedes solo empeoraron las cosas.

—«¡Te voy a matar!» —Críspulo hizo como si empuñara una pistola—. Don Abundio lo repitió varias veces. Y los seguí.

Mercedes corrió hasta la orilla del río que marcaba el paso hacia el terreno vecino. Eran unas aguas turbias en las que no convenía meterse en esa época del año. Abundio estaba herido y trastabillaba, y aun así le dio caza con el arma en la mano. Mercedes consiguió ganar ventaja, pero resbaló sobre la tierra húmeda y su marido logró alcanzarla. El esfuerzo y la hemorragia de la herida en el brazo, que cada vez sangraba más y lo dejaba más débil, lo empujaron hacia ella como un trapo pesado.

—Abundio intentó pegarle, pero ella lo cogió del brazo herido y le clavó las uñas. Pelearon como gatos y cayeron juntos al río.

Críspulo guardó silencio. Parecía otra vez un muñeco de trapo.

—Las pirañas huelen la sangre y como Abundio había perdido mucha... Se los comieron en segundos. Gritaron hasta hundirse bajo el agua.

—¿No los ayudaste?

El peón pasó la mano sobre el lomo de los perros.

—¿Los ayudaste o no?

—Por eso ha venido usted a buscarme, me va a llevar al infierno. A eso vino, ¿cierto? —Sacó una petaca de anís del bolsillo y dio un trago—. No lo ayudé. —Volvió a beber—. Fue Perpetua quien avisó a una ambulancia.

La borrachera le incendió los ojos.

—Mercedes murió igualito que su mamá. Allá están juntas las dos, en el fondo del río... —gimoteó— y el viejo está muerto.

—¿Y la niña? ¿Dónde está?

—¡No se la lleve a ella también, a ella no!

—¿Dónde está, Críspulo?

El indio se frotó el rostro con las manos. Estaba empapado de sudor y despedía el mismo olor de sus animales.

—¡Vete de aquí, muerto! ¡Vete de aquí!

—Críspulo..., ¡estoy vivo! ¿No lo ves?

—¡P'atrás! —Sacudió los brazos, espantándolo.

Como a sus bestias, a Críspulo la crueldad ya no le servía para nada. Tiró de la cadena de los perros y los ató al árbol junto a los pastores alemanes, se dio la vuelta y miró a Aurelio.

—Si sos un muerto..., ¿para qué preguntás lo que ya sabés?

—Enséñame a la niña... —Aurelio sacó su arma y lo apuntó—. Llévame donde Carmen.

Críspulo se había convertido al fin en presa. Alzó los brazos y se sentó junto a sus perros.

—¿Dónde está Carmen? —repitió Aurelio.

—Yo con Belcebú no voy a ninguna parte.

Quitó el seguro de la pistola, pero se detuvo. Críspulo ya estaba muerto. El hambre, la culpa o sus propios animales acabarían devorándolo. El peón más temido de la sierra era eso: un fantasma con ganas de morirse.

Aún con la pistola en la mano, Aurelio recorrió lo que quedaba de las jaulas y bordeó el canal de agua sucia. No encontró nada. Si esa niña aún permanecía con vida, debía de estar en algún lugar de la perrera. Buscó entre los sacos y en el depósito. Tampoco ahí la localizó.

Al final del terreno vio una casa pequeña, un rancho hecho con bloques de ventilación. Empujó la puerta a patadas. El lugar apestaba a perro. No había ni una ventana para ventilar y apenas una mesa con un colchón servían de mobiliario. En el suelo de tierra, Aurelio vio algo extraño. Se agachó para ver mejor: era un trozo de una flauta tallada en madera.

Los peces aún vivos se revolvían dentro de los cestos. Las mujeres remendaban las mallas a toda prisa, removiendo sus hilos y navajas. Visitación se dirigió a una de ellas.

—María Angula, ¿qué pasa? ¿Y este lío?

—¡Volvieron los peces, negra!

Los bagres, pavones y rayas azotaban el agua con sus colas y las sardinas se anegaban en los bancos junto a la orilla. Bajé de la camioneta con una pala, para recoger yo también el pescado. Todos en el pueblo se habían volcado en ello. Nos chocábamos unos contra otros bajo el sol, que hacía brillar nuestra piel como si tuviésemos escamas nosotros también.

Para descargar más rápido, Visitación y yo acercamos la camioneta hasta la orilla donde se agolpaban los pescadores con las redes y peñeros. Después de años de sequía, el río al fin había resucitado. Hacía calor y el cielo apretaba con su vapor de agua y arena.

Consuelo nos trajo un vaso de papelón con limón que Visitación bebió con ganas, sin dar las gracias.

—¡Angustias, bebé vos también!

Los gajos de limón y los trozos de panela se disolvieron en mi boca como un regalo. Quise acabarlo, pero dejé el último trago para Consuelo. Quedaba aún mucho pescado por recoger, un milagro desesperado para el que apenas dábamos abasto. Que fuera o no un asunto del cielo y los santos era lo de menos. Esos peces obraban el mismo efecto de las lluvias del Palo de Mayo: apaciguaban el ánimo y ablandaban una verdad con otra. Vendrían a matarnos, pero no hoy.

Me dirigí hacia la plaza de Mezquite con la camioneta repleta. Olía a tierra y vísceras.

En la lonja, los pescaderos raspaban las escamas hasta hacerlas saltar como hojuelas que la luz del mediodía hacía tornasolar. Luego arrancaban las tripas con tijeras de metal y cortaban las cabezas con un golpe seco.

Cuando descargué la última caja de pavones, oí acordes, sonidos aislados que no acababan de formar una canción. Me asomé a los pasillos, pero ahí no había nadie.

Antes de partir, en uno de los retrovisores, vi a Jairo afinando su acordeón. Le faltaba el brazo derecho y una venda teñida de sangre le cubría los ojos. Quise salir, pero no pude. Las manillas ardían y una llamarada de fuego se alzó sobre el capó. Intenté forzar las cerraduras y romper los cristales. Pero no pude. Jairo no hizo nada para ayudarme.

—Angustias, despierta. Aquí no hay ningunos peces. —Consuelo me zarandeó. Una pesadilla, otra vez.

Fuera el viento sacudía las copas de los árboles.

Llamó al timbre tres veces. Gladys iba vestida con una bata estampada y su rostro tenía mal aspecto. Lo miró unos segundos, cerró de golpe y echó el seguro. Aurelio insistió, pero ella lo amenazó con llamar al jefe de la policía. El nuevo alcalde, le hizo saber gritos, tenía instrucciones de meterlo en la cárcel por traidor y corrupto.

—¡Abra! ¡Necesito hablar con usted!

—¡Fuera de aquí, ladrón!

Gladys hablaba como si ella fuera inocente. Ninguno de los dos lo era, y ambos lo sabían. Pero el miedo le había borrado la memoria a su secretaria, pues de golpe olvidó cuántas facturas falsas había hecho por orden del viejo.

Muerto Abundio, los irregulares actuaban sin medida. Se vendían al que estuviese dispuesto a pagar más alto el precio del miedo que despertaban a su paso. Aliados con los pasadores, impusieron sus exigencias al nuevo alcalde, Liberio Mójica: no tocarían el pueblo siempre que les dejara despejada la frontera y Las Tolvaneras. Si ese era el precio por la paz, Mójica estaba dispuesto a pagarlo.

El sustituto de Aurelio era un político de provincias al que Abundio despreciaba por adulador y lamebotas. Comenzó como encargado de Jardines y Medio Ambiente y de ahí ascendió a concejal de Asuntos Sociales. Amasó dinero a expensas de los ambulatorios, tanto como para comprar una casa y tres locales en la calle principal del pueblo.

No asumió la alcaldía por ambición —Mójica prefería los puestos discretos: se robaba mejor—, pero una vez en el cargo, zanjó la muerte de Abundio con una fórmula que la prensa transcribió letra por letra: «Un suceso trágico fruto de la conmoción y el caos al que la administración de Aurelio Ortiz había sometido al pueblo y sus habitantes». Una versión retorcida que exculpaba a Abundio del latrocinio del que él también se había lucrado.

Del asalto a la hacienda no dijo ni una palabra, y mucho menos del ataque armado al pueblo; tampoco de las olas de caminantes que inundaban el municipio ni de los pasadores que comerciaban la suerte de esa gente. Mandó borrar a toda prisa las tres equis negras de la fachada de la alcaldía, dictó una orden judicial contra Aurelio Ortiz y decretó la construcción inmediata de una estatua en honor a Alcides Abundio, benefactor y prohombre de Mezquite.

Tanto la hacienda de los Fabres como los antiguos telares serían administrados de ahora en adelante por el gobierno local hasta que la justicia se pronunciara. La investigación sobre la muerte de Reyes, el cura y Víctor Hugo quedó sepultada en un papeleo interminable. A Críspulo Miranda lo dieron por loco, y la custodia de Carmen, la única heredera legítima de Alcides Abundio, pasó a manos de las hermanas de su madre. Ninguna se presentó a buscarla, en su lugar mandaron a un abogado.

Todo quedó en santa paz, la misma que aún reinaba en los sepulcros.

A Jairo lo encontró en las ferias del arroz, unas bailantas que celebraban a las afueras del municipio y a las que acudían los hombres y las mujeres para fundirse el dinero en aguardiente y bazuco. Tuvo que pagar varias rondas de alcohol en un bar de galleros para que le contara de Angustias y Visitación.

—Sé lo mismo que usted.

Aurelio Ortiz era cobarde pero no tonto. Por miedo o por codicia, Jairo mentía.

—Hace días que no las veo... Y con toda esta confusión, la gente apenas habla de ellas. —El coplero bebió su copa de golpe.

—Tengo una orden de captura del ayuntamiento del que fui alcalde y una sentencia de muerte de los irregulares. No estoy para pendejadas, así que tú verás.

—Sé que están vivas.

Aurelio le extendió un billete.

—¿A santo de qué tanto interés? —Jairo miró la plata—. Si ni siquiera dejó a Angustias enterrar a sus hijos en paz y echó a Visitación de su cementerio, ¿por qué tanta preocupación ahora?

Aurelio se puso en pie. Para sermones, ya tenía los propios.

—La botella ya está pagada, es toda tuya.

El coplero lo cogió por el hombro y bajó la voz.

—La última vez que las vi fue la noche en que los irregulares tomaron Mezquite.

La pelea de gallos estaba por empezar. Aurelio asintió para que Jairo continuara.

—Las acompañé a enterrar al hombre que llevaron a su despacho. En el camino de vuelta, advertí a Angustias lo que todos repetían: que su marido estaba con los irregulares...

—¿Lo has visto tú?

—No, pero la gente habla. —Bajó la voz de nuevo—: Fue el único que salió vivo del asalto a la hacienda de Abundio; eso repite la gente: que él estaba allí.

—¿Y cómo saben? Nadie lo conoce.

—Dicen que es el mismo que llegó al pueblo con Angustias. Además, tiene acento oriental.

—¿Qué dijo Angustias cuando se lo contaste?

—Se puso como una fiera, pero entonces ocurrió lo del accidente.

—¿Cuál?

—¿No lo sabe? —Jairo bebió otro sorbito—. Volcamos camino hacia Nopales.

Aurelio rellenó su vaso, pero no pudo llevárselo a los labios. Los faros encendidos volvieron a brillar en su mente. Fueron ellas quienes salieron de la carretera aquella noche y él no había hecho nada para ayudarlas.

—¿Me está escuchando?

—Sí, sí, Jairo, que volcaron...

—Desde ese día no sé nada ni de Visitación ni de Angustias.

—¿Has vuelto por Mezquite?

—Será para que me maten. En ese pueblo todo el mundo anda revuelto.

Aurelio quiso cubrirse las espaldas, y para eso tenía que llenarle los bolsillos a ese sinvergüenza.

—Escúchame, Jairo... —se acercó a él—, di que estoy muerto. Invéntate lo que quieras: una copla, una canción, lo que te dé la gana, pero empieza a cantar que soy un alma en pena.

—¿Y para qué?

—Ese ya no es asunto tuyo. Canta que me has visto bebiendo solo en la barra de un bar y que me aparezco en dos lugares a la vez. Esas pendejadas que la gente cree.

Metió el billete en el muelle del acordeón y salió por la parte de atrás. En la arena, ensangrentados y casi ciegos, los dos gallos seguían repartiéndose picotazos.

El vientre de Consuelo crecía a un ritmo distinto del resto de su cuerpo. El bebé aumentaba de tamaño, mientras ella empequeñecía. Más que un embarazo, su barriga parecía una ampolla hinchada. Para hacerla rabiar, Visitación comenzó a llamarla la Virgencita.

—Esa criatura es del Espíritu Santo..., ¿a que sí, mi vida?

Ni así consiguió saber de dónde había salido esa niña ni quién podría venir a reclamarla cuando llegara la hora.

—Queda poco para el parto y ni siquiera le has puesto nombre. ¡Vos verás!

—Cuando nazca lo tendrá —contestaba Consuelo haciéndose la loca—. A lo mejor la llamo Pentecostés, para darle gusto, doña..., con lo que le gusta a usted la Biblia.

El accidente no nos había roto ningún hueso, pero astilló el esqueleto de la familia que alguna vez pudimos formar las tres.

—¡Vos la trajiste, vos te la llevás! —reñía Visitación, señalándome con el dedo.

—¿Qué es lo que quiere? ¿Por qué tanta peleadera?

—Que se vaya.

—Si hubiese llegado envuelta en una mortaja, entonces sí la hubiese aceptado, ¿verdad?

—Espabilá, Angustias. Pretende parir aquí y luego vender a la niña... ¡O ve tú a saber!

A las mujeres que huían de la peste las violaban en las trochas y los pasos clandestinos. Era un peaje entre el mundo del que huían y el otro al que llegaban. Abortar no era legal. La mayoría que lo intentaba acababa desangrándose en consultorios clandestinos. Las que parían se dejaban el útero en alguna sala de urgencias, y a las que corrían con más suerte las desaparecían para obligarlas a dar a luz y hacer negocio con las criaturas.

Los niños salían rentables. Costaba poco criarlos y aprendían rápido cualquier oficio. Eran mano de obra cruel y barata para el delito. Los pasadores y los irregulares crearon su propio mercado negro con ellos: ganaban más que con los caminantes. Por eso nadie le sacaba de la cabeza a Visitación que Consuelo tenía su plan con aquella gente y que nos estaba usando como tapadera.

—¿No decís nada vos?

Me crucé de brazos y callé, por el bien de las tres.

—Tenés hasta mañana para decirle que se marche. Si no lo hacés vos, lo haré yo.

Cogió su pala y se levantó sin más.

La tumba de los niños nunca estuvo tan pulcra como aquella mañana. Consuelo apartó la mugre, restregó sus nombres con un trapo húmedo y frotó hasta dejar brillantes las fechas de su nacimiento y muerte.

—¿Qué haces?

—Limpio.

Sin darse la vuelta para mirarme, enjuagó el paño en el cazo, lo exprimió y siguió restregando el cemento.

—¿Tú también quieres que me vaya? —Los chorretones de agua abrían surcos en la arena.

—¿Por qué dices eso?

Me senté junto a ella. Giró la cabeza y me miró con sus ojos grandes y oscuros.

—Las he oído hablar a Visitación y a ti...

—Entonces sabrás que no dije ni una palabra de lo que me contaste.

—No voy a vender a la niña, como dice Visitación. Tampoco sé qué haré cuando nazca, pero no pienso dejarla en un basurero.

—Debes irte. No puedes dar a luz en el cementerio ni criar a un niño aquí. Yo te ayudaré. No queda mucho tiempo. Te pondrás de parto hoy o mañana.

Asintió.

—Cuando acabe de limpiar, recojo mis cosas.

—Date prisa —insistí—. Salimos en una hora.

Caminé entre los nichos de Las Tolvaneras. Eran muchos más de los que había cuando llegué. Me sabía todos y cada uno de los nombres y las fechas inscritas sobre esas tumbas; también sus historias y las circunstancias en las que cada uno había llegado. Pero yo no sentía por los muertos de El Tercer País ninguna de las cosas de las que Visitación hablaba. No quería para ellos justicia ni caridad.

La verdad era una y no por ello mejorable: todos esos hombres y mujeres estaban muertos y no iban a volver. Eso era lo único definitivo, y nada podía hacer Visitación ni nadie para cambiarlo. No eran suyos. No pertenecían a quienes los maldicen o los añoran. Ni siquiera mis hijos eran del todo míos, aunque fueran ellos la razón por la que me quedé en este lugar.

La vida no era eso que decía Visitación: era fugaz, una cosa que se apaga y desaparece sin más. Por eso yo no creía en sus palabras ni sus discursos. A mí solo me interesaba estar cerca del recuerdo de criaturas a las que amé y no vivieron demasiado para poder decírselo. Mientras consiguiera permanecer al pie de su tumba, ellos seguirían existiendo en mi cabeza. Con eso me bastaba. El resto me daba igual, o al menos así lo creía yo, hasta que me topé con Consuelo.

Le dije a Visitación que volvería en un par de horas y esperé a Consuelo junto a los árboles de dividí. Ella se trepó a la camioneta sin preguntar adónde nos dirigíamos, resignada a una suerte que yo aún no le había explicado y a la que ella no opuso ninguna resistencia.

A esa hora, la vía hacia Cucaña estaba despejada y ni siquiera los chatarreros cruzaban aún por la zona. Cambié la velocidad y revisé las lunas. Nadie nos seguía.

—¿Estás bien?

Consuelo sujetaba una mochila entre las manos y miraba a través de la ventanilla con los ojos perdidos en las vallas de los cercados.

—He conseguido un lugar en el que puedes quedarte hasta que empiecen los dolores de parto. Es un albergue para embarazadas.

—¿Los del Ejército?

—Sí, esos.

—¿Quieres que me deporten? ¿O, peor aún, que me devuelvan al centro de menores?

—Si no te presentas o te escapas, nos deportarán a las dos. Te he inscrito como mi hija. —Consuelo sacó una botella de agua y dio un trago—. Te llevaré hasta ahí. No podré quedarme contigo, porque debo devolver la camioneta. Visitación no puede quedarse sola y aislada en el cementerio.

—Me vas a dejar tirada. Es eso, ¿cierto?

—¡Volveré en la noche! Tienes que prometerme que no te marcharás.

—¿Y cómo piensas volver si no tienes camioneta?

—Alguien me prestará alguna. Lo importante es que tú llegues a Cucaña lo antes posible y que no te muevas de ahí.

Me escuchó sin decir nada más y señaló el salpicadero.

—Cucaña está lejos. Queda medio tanque de gasolina y los bidones están vacíos. ¿No vas a rellenarlos?

Encendí la luz de cruce y giré hacia la única gasolinera de la zona.

Lo despertaron los golpes en la ventana. Aurelio se incorporó, alerta, con la pistola en la mano. Era un muchacho ofreciéndose para limpiar los cristales, nada más. Miró la hora en el reloj: las diez y cuarto de la mañana. Una fila de hombres y mujeres aguardaba para rellenar bidones con combustible. Aún faltaban tres camiones antes de su turno. Le pareció una eternidad.

Recostó de nuevo la cabeza contra el vidrio e intentó dormir, pero fue imposible. Se distrajo mirando a los que intentaban conseguir diésel. Llevaban hasta dos y tres envases en cada mano. Desde que los irregulares secuestraban los camiones para extorsionar a los dueños de las gasolineras, el combustible se puso por las nubes y la reventa en el mercado negro se convirtió en otra forma más de ganarse la vida.

Algunos habían dormido en la estación de servicio para guardar su puesto en la fila. Los recién llegados pasarían la mañana bajo aquel sol picante que abrasaba el asfalto. Nada les garantizaba que salieran de ahí con algo, ni siquiera que hubiese combustible suficiente cuando llegara su turno, pero ahí seguían, clavados como estacas.

La gasolinera solo disponía de un empleado. Cuanto más despachaba a las camionetas y los rústicos, más se alargaba la línea que formaban los hombres, mujeres y niños dispuestos a revender lo que consiguieran. Cuarenta litros darían para vivir al menos una semana. Todos olían a gasolina, y el roce de un fósforo habría bastado para hacerlos volar por los aires, pero no se movían de su sitio.

Una camioneta gris rodeó los surtidores. Aurelio miró el retrovisor; era Angustias Romero. Escondió la pistola bajo la camisa, se caló una gorra oscura. Tenía la boca peguntosa, y antes de salir se untó un poco de dentífrico. Bajó de la cabina, se asomó con cuidado y tocó el cristal del piloto con los nudillos. Los trocitos del hombre en el que se había convertido se juntaron de golpe cuando Angustias lo miró de los pies a la cabeza.

—Tenemos que hablar.

—Usted dirá —contestó ella, con las manos sobre el volante.

—Aquí no. La espero atrás, donde las máquinas de aire.

Se encontraron tres horas después en el aparcadero. Hablaron de ventanilla a ventanilla. Visitación estaba bien y en el cementerio no había ocurrido gran cosa, dijo ella para quitárselo de encima. Las Tolvaneras seguía sin dueño, le hizo saber Aurelio. Angustias tenía prisa.

—No puedo hablar ahora. Voy a Cucaña.

—A este paso no le va a quedar gasolina.

—Tengo suficiente —contestó tajante.

—¿Y por qué tiene tanta prisa?

—Consuelo está de parto, debo llevarla cuanto antes. Volveré en un par de horas, para buscar ropa y enseres. Ya sabe..., cosas de mujeres.

Aurelio miró a la embarazada, muda en el asiento del copiloto. No le pareció tan siniestra como aquel día, cuando gritaba con una pala en la mano para defender a Visitación y a Angustias a las puertas de la alcaldía.

Las mujeres que lo habían arruinado aún vivían, y él también. Había llegado el momento de quedar en paz.

—Yo la llevo de vuelta a Cucaña, Angustias. Cuando regrese a Las Tolvaneras, pare acá. La estaré esperando.

Ella asintió, giró la llave y se puso en marcha. Aurelio la vio alejarse, a toda velocidad, rumbo a la frontera.

Consuelo rompió fuentes después de abandonar la gasolinera. Tumbada en el asiento del copiloto, cogía aire por la nariz y lo expulsaba por la boca, como si intentara espantar el dolor con bocanadas. Cuanto más se juntaban sus exhalaciones, más hundía yo el pie en el acelerador. La distancia entre nosotras y la frontera se medía en contracciones, no en kilómetros.

La maternidad de Cucaña era un edificio de cemento con una altura de cuatro plantas, un sitio gris y desangelado. Las paredes estaban cubiertas con baldosas rotas y en los pasillos se amontonaban camillas herrumbrosas junto a los cubos de basura. Los forenses habían cumplido su palabra y reservaron la plaza en el paritorio, tal y como acordamos. El enfermero con el que había apalabrado todo apuntó el nombre de Consuelo y su fecha de nacimiento, luego nos hizo pasar por la parte de atrás.

Cuando llegara el momento, ella podría parir en el hospital. Hasta entonces, la dejarían en la carpa levantada por el Ejército para las desplazadas de la sierra oriental; entre aquellas que ya tenían turno y aguardaban hacinadas en el pabellón. El lugar estaba repleto, apenas había espacio de separación entre las camas. Los quejidos de las mujeres se juntaban en el aire, como si rezaran un novenario a gritos.

Tendí a Consuelo en la cama cogiéndola por la cintura. El vestido ceñido sobre su cuerpo hinchado se trepó por encima de los muslos, dejando al descubierto sus piernas hinchadas. Bebió un sorbo de agua y guardó la botella de plástico en su mochila.

—Vuelvo en tres horas. No hagas ninguna estupidez.

Se despidió sacudiendo la mano, hundida por el peso de su propio cuerpo sobre una colchoneta sin sábanas.

En la puerta, una lista manuscrita enumeraba todo lo que hacía falta y que las pacientes debían llevar: toallas, jabón, gasas, bolsas de basura. Fuera, tumbadas en los bancos de las salas de espera y rodeadas por nubarrones de moscas, dos mujeres dormían cubriéndose con mantas llenas de polvo. Otra con los labios pintados de color rosa gritaba de dolor y sujetaba su vientre entre las manos de uñas sucias. Pidió ayuda hasta desmayarse.

La mayoría acudían solas, a otras las acompañaban sus madres, que recitaban la media docena de hospitales donde las habían rechazado. Sus hijas no podían parir en la calle, repetían dando voces. Los enfermeros, vestidos con batas manchadas de sangre, les pedían una paciencia de la que ellas ya no disponían. Más que una maternidad, aquello parecía un moridero.

Aurelio esperó en el lugar acordado y me escoltó hasta Las Tolvaneras. No entendí su interés por hablar conmigo, ni a santo de qué me ofrecía su ayuda. Tampoco hice preguntas. Él tenía más que perder que nosotras, y yo no disponía de nadie para llegar de nuevo hasta la frontera.

Salí yo primero de la gasolinera. Él se incorporó unos minutos después. En el camino hacia el cementerio no nos cruzamos con nadie. Aún era de día, pero no había rastro de camiones ni autobuses, solo se veían los carros tirados por burros y caballos con los que los pastores y lateros trasegaban desechos de un lado a otro.

Aurelio aparcó su ranchera en el portón de El Tercer País y esperó con el motor en marcha. Avancé hasta el árbol de dividí, saqué los bidones de gasolina y los puse a cubierto bajo unas lonas. Eché el cerrojo a la puerta del conductor y caminé hacia el galpón. Visitación fumaba, sentada en el bordillo, con los brazos apoyados en las rodillas.

—¿Quién es ese? —Señaló con los labios.

—Aurelio Ortiz.

Visitación me miró de arriba abajo y aspiró su cigarro con fuerza hasta encender un círculo rojo. La columna de ceniza cayó sobre la tierra.

—Volveré en dos días, cuando Consuelo haya dado a luz.

—Ya sabía yo... —Bufó—. Angustias Romero y sus entaparaos, ¡cómo te gusta a vos meterte en problemas!

—La camioneta tiene gasolina, por si la necesita. También hay más en los envases.

Soltó una de sus risotadas mientras se ajustaba el pañuelo de colores. Me acerqué unos pasos para despedirme.

—¡Quitá, que olés a gasolina y yo estoy fumando! —gritó agitando los brazos.

Dejé las llaves en el capó y caminé hacia Aurelio. Si salíamos en hora, llegaríamos a Cucaña antes de medianoche.

—¡Angustias!

Me di la vuelta.

Visitación me miró con el cigarrillo encendido aún en la mano.

—¡Andá con Dios!

—Él siempre se va con alguien más, doña.

Angustias Romero se desplomó en el asiento del copiloto. Dormía con las manos sobre el regazo y la cabeza descolgada hacia atrás. Había conducido ida y vuelta la vía que comunicaba Mezquite con Cucaña. Tenía la piel chamuscada, las botas de caucho le quedaban grandes y su ropa olía a combustible.

Cuando Aurelio Ortiz la conoció, estaba llena de la vida que recién le habían arrebatado. Algo en aquella mujer arenosa y reseca se había entumecido hasta cicatrizar.

Cayeron en un boquete del tamaño de un cráter y el golpe la despertó.

—¿Dónde estamos? —Se frotó los ojos, aún somnolienta.

—Queda todavía una hora, siga durmiendo.

Angustias toqueteó los botones de la radio, pero no consiguió hacerla funcionar. Fuera, la sierra había cambiado de aspecto con la puesta de sol. La oscuridad había limado los picos pardos de las montañas y sus desgarrones de piedra.

—Paremos —ordenó—, necesito bajar... Ya sabe.

Aurelio orinó de un lado de la ranchera y ella del otro. Subieron sin cruzar palabra. Las alfombras estaban llenas de migas y papeles de caramelos. Junto a la palanca de cambios, Angustias vio el empaque vacío de un cepillo de dientes y una caja de antiácido que daba tumbos en el salpicadero.

—La gente repite que usted es un alma en pena...

—Es un favor que me ha hecho Jairo.

—Él no hace favores.

—Tiene razón... Digamos que fue un encargo. Es más exacto. —Aurelio metió el embrague y aceleró—. Las cosas no andan muy bien entre ustedes, ¿verdad?

Angustias resopló y miró las colinas.

—¿Por qué volvió?

—A resolver asuntos.

—¿Quiere recuperar la alcaldía? ¿Anda buscando plata?

—Ni una cosa ni la otra. Vine por Las Tolvaneras.

—¿Nos va a sacar de ahí otra vez?

Negó con la cabeza.

—Mi papá murió convencido de que yo era un cobarde, y no le faltaba razón. No me porté bien con Visitación ni con usted. Mi primer error, Angustias, fue cerrar el cementerio. El segundo, volver a abrirlo.

Miró el retrovisor y los laterales. Lo hacía a cada rato.

—Antes Visitación tenía dos enemigos: Abundio y los irregulares. Muerto el viejo, los otros se volvieron aún más peligrosos.

Angustias cogió el paquete vacío del cepillo de dientes y lo arrojó por la ventana.

—Si no quiere cerrar Las Tolvaneras, entonces ¿a qué vino?

—Habría sido fácil llegar a un acuerdo con Mójica, pero él hace lo que los pasadores y los irregulares le exigen.

—Como usted cuando era alcalde. Yo no veo la diferencia.

Aurelio encajó el golpe.

—Antes había un jefe de cada lado: el Mono y Abundio. Ahora no. ¿Cómo es posible enterarse de qué quieren si no sabemos quién manda?

—¿Y eso a usted qué le importa? ¿Por qué no se va con su mujer y sus hijos? Si no nos ayudó cuando debía, ¿para qué quiere hacerlo ahora?

—Para una vez que me pongo a enmendar entuertos, concédame al menos el beneficio de las buenas intenciones.

—Lo suyo no son buenas intenciones. Es culpa. —Aurelio quiso interrumpirla, pero ella no lo dejó—. ¿Por qué me cuenta estas cosas a mí y no a Visitación? ¿Por qué me ayuda y a cambio de qué?

Lo que Aurelio buscaba no podía canjearlo. Sus insomnios no valían lo que dos bidones de gasolina ni cuatro palas herrumbrosas. Lo que él deseaba no se podía contar ni amontonar: que sus hijos lo miraran con respeto, que su mujer no lo escrutara como a un ratero, que no se le acumularan los fantasmas en los espejos retrovisores. Quería ser decente, solo eso.

Cuando pudo hacerlo, no la ayudó a enterrar a sus hijos. Se presentó con una jauría para espantarla. Tampoco hizo nada por ella ni Visitación cuando volcaron en medio de la noche. Ahora que podía detener el sufrimiento de alguien, no iba a cruzarse de brazos.

—La gente habla de su marido...

Ella se revolvió en el asiento.

—Déjeme acabar.

—¿Qué va a saber usted?

—A su marido lo dan por guerrillero. ¿Ha vuelto a verlo? —Angustias no contestó—. ¿Se marchó sin decirle nada?

—Él habla poco.

—¿Discutió con él?

—No se puede discutir con un enfermo, solo soportarlo. Y eso fue lo que hice hasta llegar aquí: cargar con un peso muerto. ¡Con tres!, pero al menos mis hijos no podían defenderse.

—¿Sabe si ha vuelto él por el cementerio? Dicen en Sangre de Cristo que lo vieron vagar sin trabajo ni comida. Que dormía en la calle y tallaba figuritas con un puñal.

—Salveiro no sabe cortar ni una naranja —mintió Angustias.

—Dicen que en una pelea de gallos de las que organizaba Abundio su marido perdió la cabeza y degolló a tres hombres. Lo hizo con saña y amenazando en voz alta.

—No es posible —repitió ella varias veces—. Salveiro no tiene voluntad, ¿cree que es capaz de degollar a alguien?

—Mientras navajeaba a los borrachos que se cruzaron en su camino dijo ser «el mudito». Así llaman los irregulares a uno de los suyos: un hombre que descuartiza sin decir palabra... El día que enterró a sus hijos, Visitación lo llamó «mudito» frente a todos, ¿verdad?

Angustias tenía el rostro rígido y pálido. Movía los labios sin pronunciar ninguna palabra.

—No sé si su marido se ha presentado en el cementerio. Y si así fuese, podría ser porque tiene cuentas pendientes o porque los irregulares lo mandaron hasta allá. Lo que sí sé es que en Las Tolvaneras están enterrados los hijos que él tuvo con usted. Y eso puede más.

—Si yo le preguntara dónde están ahora sus dos hijos y su mujer, ¿me contestaría? —Ahora fue Aurelio el que calló—. No, ¿verdad? Imagínese si yo me hubiese presentado en el entierro de sus hijos con tres perros, ¿confiaría en mí? Pues ya está. Lléveme a Cucaña y quedaremos en paz.

Angustias Romero acercó la nariz a las mangas de su camiseta para comprobar de dónde venía ese olor. Apestaba a gasolina. A poco que saltara una chispa, ardería todo.

El reloj marcaba las tres de la madrugada en el hospital de Cucaña. Esperaron, sin respuesta, como aguardan los que nada tienen y nada esperan.

—Ya me dijo lo que tenía que decir. Puede irse. No tiene cuentas pendientes conmigo.

Aurelio no tuvo fuerzas para contestar, estaba agotado. Un cansancio de años le aflojó el cuerpo. Si se quedó fue porque ya no podía marcharse, porque era de madrugada, porque podían descerrajarle un tiro y porque no quería dejarla sola. Ella no lo necesitaba, y él lo sabía, pero le daba igual.

En vano intentó conciliar el sueño, así que se entretuvo vigilando a Angustias Romero, que caminaba por el pasillo con la mirada fija en sus botas. Estaba afanada en esa única tarea de ir y volver. «Dijeron que podría pasar. ¿Por qué no me llaman?», la oyó murmurar.

Eran las cinco y nadie se asomaba al pasillo. Angustias desapareció en busca de noticias. Tieso en su silla plástica, Aurelio se sintió inútil. Las quejas y los gritos de las parturientas le parecieron más propios de un hospital de guerra que de una maternidad. Se preguntó si sus hijos lo echarían de menos, si el mayor habría seguido pescando guacucos en la orilla de la playa o si las guajiras aún cruzaban las carreteras con sus cestas de colores para vender. Pensó en su casa de Mezquite, vuelta añicos por los irregulares. Todo lo que tuvo había desaparecido.

¿Qué hace un padre en una maternidad?, ¿grita él también? No supo qué contestar. No recordaba cuánto había tardado su mujer en alumbrar a sus hijos. Ni al mayor ni al pequeño. Él estuvo ahí, las dos veces, pero no era capaz de afirmar si ella había gritado o no; tampoco si en algún momento sintió miedo o dolor. Salvación nunca se lo dijo y él jamás se interesó en averiguarlo.

La última vez que habló con ella, ni siquiera le preguntó cuándo volvería.

Salveiro no llegó a tiempo. Aún faltaban semanas y ninguno de los dos pensó que el parto se adelantaría. Mientras lavaba la cabeza de una mujer sentí mordiscos en el vientre, como si los niños forcejearan para abandonar mi cuerpo. Cuando acabé de peinar a la clienta, cerré el local y subí a un taxi.

No sé cómo llegué al quirófano, solo recuerdo que las enfermeras me rasparon la entrepierna con una cuchilla desechable, varias veces. En lugar de rasurarme, parecían empeñadas en arrancarme la piel o esquilarme por completo. Tumbada en la camilla, vi la luz de las bombillas incrustadas en el techo, unos tubos de neón cubiertos de polvo. Ignoraba quién me atendería. Tampoco era consciente de la hora. Tenía sed y un dolor intenso, como si alguien sacudiera clavos entre el pubis y la espalda. El médico me llamaba por mi nombre, pero yo no sabía el suyo ni era capaz de ver su cara, solo los ojos que se asomaban encima del tapabocas.

El cuerpo no me obedecía. En ocasiones se sacudía por sí mismo, y en otras una enfermera me indicaba cuándo hacerlo. Tuve la sensación de que llevaba años pariendo. Unas máquinas emitían unos pitidos con intervalos irregulares.

—Que venga el anestesiólogo —dijo el médico.

La enfermera salió y regresó acompañada de un hombre que le ordenó sujetarme el brazo con un cable en el que vació el contenido de una jeringa. Los aparatos seguían sonando, cada vez más rápido.

—Diga al cardiólogo que baje.

—¿Qué pasa? —pregunté a la enfermera—. ¿Avisaron a mi marido?

—Está fuera —mintió.

—Ya falta poco, Angustias. Respire.

El médico hundió el bisturí, pero no sentí nada. Pasó el tiempo, no supe cuánto, ¿un minuto? ¿Una hora? ¿Dos? Higinio salió primero, sin llorar. El doctor lo llevó a toda prisa a una cuna y presionó su pecho, varias veces. Con Salustio no fue necesario. Su corazón al menos latía.

De pie ante un reloj de pared que daba las seis en punto de la mañana, pensé en mis hijos. No podía quitármelos de la cabeza. Me pareció de mal agüero, pero eran mis recuerdos. El parto de Consuelo los hizo rebrotar en mi mente como si jamás los hubiese enterrado. He pasado más tiempo sin ellos que el que transcurrió mientras los sostuve en brazos. Tanto dolor para tan poca vida. Cualquiera diría que los hice pasar por este mundo solo para poder verlos.

Emprendí el camino de vuelta por el corredor de baldosas blancas. Aurelio dormía sentado en la silla. Vestía una gorra ridícula que servía más para levantar sospechas que para camuflarse. Sentí compasión por él. No tenía derecho a juzgarlo.

Al fondo del pasillo oí los gritos. Parecían cientos, los ecos del esfuerzo que una misma mujer repetía por todas las que vinieron antes que ella. Pensé en mi mamá y me pregunté cómo grita una mujer sorda cuando trae un hijo al mundo.

Del techo caían gotas sobre envases de refresco que hacían las veces de cubetas. Al chocar contra la superficie, emitían un sonido insistente, marcaban el paso de un tiempo averiado. Consuelo balbuceaba y movía los brazos. Me acerqué a ella y le hablé en voz baja y muy despacio, como me indicaron los médicos. Estaba sedada, pero era capaz de oír. La mantendrían así hasta que pudieran conocer los daños.

La niña nació con vida, pero no estaba claro si ella conservaría la suya. El parto fue largo y complicado, dijeron, solamente.

Sentada junto a su cama, le hice saber que había visto a la niña en el retén de recién nacidos, que la habían envuelto en una cobija con estampado de peces y que me parecía la más hermosa de todas.

—Tienes que despertar para que la veas. ¡Deberíamos llamarla Milagros, ¿no crees?!

Esperar que me contestara era un absurdo. Estaba atrapada en una membrana pegajosa de cansancio y tranquilizantes. Intentó arrancarse los cables que la ataban a las máquinas. Le sujeté las manos y las froté hasta calmarla. Estaba demacrada, despeinada y pálida. Apenas cubierto por una bata de papel, su cuerpo desnudo me pareció el de una mujer vieja antes de tiempo. Pasé la mano por su frente, varias veces. Como alguna vez hice con mis hijos, le canté:

> *Palomita blanca,*
> *copetico azul,*
> *llévame en tus alas*
> *a ver a Jesús.*

Consuelo, tan pequeña, aunque no cupiera en una caja de zapatos. Su mamá se fue de un día para otro y a ella la convirtieron en una a la fuerza.

El enfermero entró para avisarme que debía dejar la sala. Besé su frente hirviendo y salí al pasillo pensando en el silbato con forma de pájaro. Me habría gustado soplarlo para ella.

Angustias se sentó junto a Aurelio Ortiz. En una mano sostenía el acta de defunción y en la otra una bolsa plástica con una mochila y un vestido de algodón. Dobló el documento, lo guardó en el bolsillo trasero de su pantalón y abrió el morral. Encontró una botella de agua, un pañuelo de papel y un monedero vacío.

—¿Me devuelve usted a Las Tolvaneras?

Aurelio asintió y se pusieron en pie.

—A Consuelo vendré a buscarla mañana. No tengo cómo llevármela ahora.

Era casi mediodía cuando salieron de la maternidad, ella con la niña en brazos, él con la gorra de paño y gafas oscuras.

Junto a la ranchera, apoyado en la caja trasera, los esperaba Jairo. Llevaba el acordeón a cuestas y una sonrisa sinvergüenza estampada en el rostro. La mueca se le borró de golpe cuando los vio con una criatura.

Se miraron los tres.

—Me pareció que esta era su ranchera y decidí esperarlo.

—¿Qué quieres?

—Plata. Mantener a un fantasma requiere recursos. —Miró a Angustias—. ¿Es suyo el muchachito?

—Es una niña, la hija de Consuelo.

—¿Y por qué no la trae ella?

—Porque está muerta.

Aurelio Ortiz lo cogió del brazo y lo empujó detrás de la camioneta.

—¿Querías plata? ¡Aquí tienes tu maldita plata! —Buscó en su bolsillo y le arrojó unos billetes a la cara—. Ahora, fuera de aquí.

Jairo levantó el dinero y lo contó.

—Acuérdate —advirtió Aurelio—: Soy un espanto..., y Angustias Romero también.

—Yo a usted no lo he visto, y a ella tampoco.

Se perdió como una rata más de las que recorrían el mercado.

En Cucaña todo seguía igual: los tenderos zafios, los peluqueros que pagaban el cabello al peso, las mujeres que subían a los tráileres y corrían después a las letrinas, los caminantes empujados por la peste a este lado de la sierra: fantasmas ellos también.

El sol calentaba el asfalto hasta levantar ese espejismo que produce el calor cuando aprieta, el mismo que hacía volar a los peces y las culebras sobre los ríos y los árboles de Las Tolvaneras. A su lado, Angustias mecía a la niña.

La miró de reojo, pero ella ni se dio cuenta. Estaba ocupada alimentando a la criatura con la leche que le dejaron en el hospital. El biberón desentonaba con las botas de trabajo y los nudillos encallecidos. Fuera, en el mundo que existía más allá de la ventanilla, desfilaban chaparros resecos que acabarían convertidos en carbón, pero ellas desprendían una paz que hasta él era capaz de percibir.

Angustias Romero se volvió hacia él.

—¿Ha visto, Aurelio? ¡Ya tiene pelo!

Por primera vez la vio sonreír.

Una columna de humo negro se alzaba sobre el cielo de Las Tolvaneras. El galpón ardía, también los árboles de dividí, y un olor a chamusquina y gasoil lo impregnaba todo. Subí las ventanillas.

—Aléjese unos metros, Aurelio. No permita que la niña respire esta porquería.

—Quédese aquí con ella. Yo me encargo.

—Usted ya no es alcalde y en este lugar mando yo.

Sacó de la guantera una pistola nueve milímetros, empujó hacia atrás el muelle y me la extendió.

—Con apretar el gatillo basta. Le da para nueve disparos.

—Si al caer la noche no he salido, váyase. Ni se le ocurra entrar. Llévesela lejos.

Él asintió y cogió a la criatura en brazos. Escondí el arma bajo la camiseta y eché a correr hacia el cementerio.

El Tercer País estaba consumido por las llamas, avivadas por el viento. La camioneta de Visitación había quedado convertida en un amasijo de hierro humeante, y los bidones de gasolina, en una pasta negruzca. No había rastro de neumáticos sobre la arena; tampoco casquillos. Solo hollín.

El fuego alcanzó el galpón, pero el anexo donde dormíamos seguía en pie.

Entré con la esperanza de encontrar a Visitación tendida en su jergón, pero no estaba. Después de mucho buscar, di con ella a unos cien metros del cobertizo. Tenía los ojos abiertos, congelados. Aún vestía su pañuelo de colores y las avispas recorrían sus mejillas.

Di vueltas entre la humareda con la pistola ajustada en la cintura del pantalón, en mi espalda. Corrí a la tumba de mis hijos. Ante el nicho de Higinio y Salustio, Salveiro esperaba sentado en la arena. Le faltaban algunos dientes y sus ojos también estaban muertos.

—Soy yo, Angustias, el mudito.

Tenía un cuchillo en la mano y la cara manchada de ceniza. No llevaba uniforme ni pistolas; apenas un disfraz de ropa militar mugrienta con el emblema del Ejército regular, retales mal cosidos y unas botas sucias.

—¿Te gustan las figuritas? Son bonitas, ¿verdad? —Me enseñó dos culebras talladas en madera.

—Sí, Salveiro. Son bonitas.

Las llamas crepitaban con un sonido de papel y bofetada. Salveiro se puso de pie y me miró con la navaja aún en la mano.

—¿Qué hiciste con las cajas? —preguntó.

—Están guardadas.

—¿Dónde?

—Por aquí...

—¿Me las enseñas? Quiero verlas. —Cogió una piedra.

—Te las enseño, pero antes tienes que contestarme una pregunta... Cuando llegaste, ¿ya había fuego?

Sacudió la cabeza de un lado al otro mientras afilaba la hojilla contra el pedrusco.

—¿Encendiste tú el fuego?

—No me acuerdo. ¿Me vas a enseñar las cajas o no?

—Antes quiero saber algo más. —Respiré con fuerza—. ¿Visitación estaba...?

—¿Viva? Sí.

Me llevé la mano a la espalda y sujeté la pistola.

—¿Llegaste hasta aquí solo?

—Me sé el camino. No necesito que nadie me lo explique. ¿Y las cajas? ¡Quiero ver las cajas! —Tiró la piedra—. Enséñame a los niños. ¿Dónde los escondiste? ¡También son mis hijos!

—Están muertos. Los sepultamos juntos. ¿Ya no lo recuerdas?

—¡Que me enseñes las cajas!

Levantó la navaja.

—La vieja nos los quitó, pero me los voy a llevar. A ellos, y a ti. ¡Trae las cajas, Angustias! ¡Nos vamos a la casa! —Avanzó hacia mí con el puñal en la mano.

Saqué el arma y apreté el gatillo. Una, dos, tres, cuatro, cinco veces. Un pozo rojo se desbordó sobre sus cejas, anegándolas.

Me temblaban las piernas y el sudor me nublaba la vista. Fui al galpón, cogí una rama ardiente y la acerqué a su ropa. El disfraz de guerrillero ardió al instante.

Al fin descansaríamos en paz, los cuatro.

Visitación Salazar aún parecía hecha de aceite y azabache. Su piel refulgía bajo el sol de diésel que arrasaba Las Tolvaneras. Tenía varias heridas en el pecho, la más profunda sangraba todavía. Había sepultado a mis hijos y me había enseñado a enterrar a los de otros; yo debía hacer lo mismo con ella.

El galpón era un esqueleto de carbón y chamizas. Las herramientas, hierros retorcidos, no servían ni para hacer una zanja.

Le quité el pañuelo de colores y froté con él su rostro hasta arrancar los peguntes de sangre y polvo. Tal y como ella me había mostrado, junté sus brazos y piernas para hacerla parecer dormida.

Aún quedaba un último nicho escondido en la colmena de los bebés. Yo misma lo hice, muy cerca de mis hijos, para que alguien me enterrara cuando llegara el momento. Rasqué la tierra con una pala rota y la mezclé con el cemento de los días anteriores. Hacía calor y el viento seguía atizando la chamiza. Removí hasta conseguir algo parecido a la argamasa.

Le cubrí el rostro con el pañuelo de colores, la amortajé con la única manta del galpón que no se había quemado y la metí en el nicho. Frisé la lápida con una espátula pequeña silbando las canciones que le gustaban y con un palo seco de dividí escribí: VISITACIÓN SALAZAR (1959-2019).

Me di la vuelta y eché a andar hacia la carretera.

Al otro lado, Aurelio Ortiz me esperaba dentro de la camioneta con la niña en brazos.

«Para viajar lejos no hay mejor nave que un libro».

EMILY DICKINSON

Gracias por tu lectura de este libro.

En **penguinlibros.club** encontrarás las mejores recomendaciones de lectura.

Únete a nuestra comunidad y viaja con nosotros.

penguinlibros.club

Penguin
Random House
Grupo Editorial

 penguinlibros